Gaea

GAEA

吸血鬼獵人日誌 ❶

惡魔斬殺陣

喬靖夫 著

吸血鬼獵人日誌❶

惡魔斬殺陣

目錄

N・拜諾恩之日記【I】

十月三十一日

……把樹枝紮成的十字架插在墳墓上時，我驀然想到自己開始相信宿命。

買下夜行列車票。距離發車還有一個多小時。到火車站附設的小書店，在平裝小說的架子前消磨了大半的時間。上車前買了報紙和早已挑選的一本詞典。波波夫一直在我的大衣內熟睡。

在車上我一邊寫著這篇日記，一邊翻閱詞典：

「宿命（Fate）：想像中超越人類控制而被相信能決定一切事情的力量。」

很複雜的句子結構。看了三遍仍覺得這句解釋寫得很糟。

但是我相信宿命，也知道它是什麼。不，我甚至能用雙眼看見它。

我看見自己踏在宿命之輪上。輪底下是被輾得粉碎的骸骨──一片雪白的沙漠。在力竭掉下之前，我必須在狹窄的輪面上努力保持平衡，還要順著巨輪滾轉的速度踏步。

宿命之輪究竟要把我帶到什麼地方呢？

詞典上有一句附例吸引了我。

「比死亡更惡劣的宿命：（幽默或誇大）失去童貞（尤指古代女子）。」

一個月前的我，不明白怎麼樣才算是「比死亡更惡劣的宿命」（A fate worse than death）。

我現在知道那是什麼。它就是在我身體內流動的血液。

既視現象

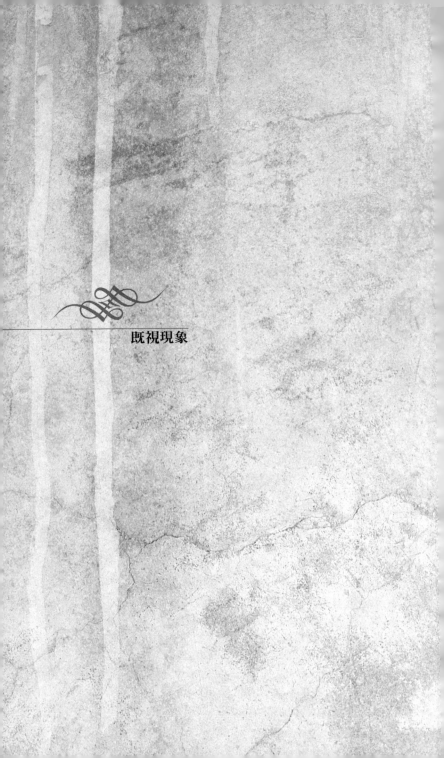

十月十六日《漢密爾頓論壇報》

連環殺手「王儲」再逞凶

第五受害者白骨浮現東河

門鈴短促地響了兩記。拜諾恩把視線從報紙移開。右手伸進西服內的槍套，左手仍拿著摺成一半的報紙遮掩這動作。

桑托斯警戒地打開房門。同時德魯安閃進了浴室。

房門一打開，房間內的緊張氣氛瞬即鬆弛。出現門前的是巴澤那副公式的笑容。

又是這討厭的傢伙，拜諾恩心想。那套粉綠色的西裝毫無品味可言。

巴澤向坐在沙發上的拜諾恩打個招呼，然後又做出他慣常的那套動作：右手撥撥妥貼的髮型，再轉動左手中指上那枚紅寶石指環，不厭其煩地告訴別人：他年輕而成功。

「噢，拜諾恩先生看來非常空閒哪。」巴澤指指報紙。「有什麼有趣的新聞嗎？」

「這是工作的一部分。」拜諾恩不情不願地回答。

「你指……讀報？」巴澤不解地抬起右邊眉毛。

看見那張表情豐富的臉，拜諾恩禁不住暗罵：你幹嘛不他媽的去當演員？

「每到一處地方工作，我們當然要清楚那兒發生的一切。天氣預測、交通狀況、哪條街道會在當天舉行巡遊或競選活動、哪一區域的罪案特別多……我們都要研究清楚。我們的工作就是預防任何意外。」

「我喜歡這個。」巴澤豎起拇指。「我喜歡專業的人。」

「巴澤先生到來有什麼事呢？」

「今天正午十二時行動。」

拜諾恩壓抑住被命令的憤怒。「爲什麼堅持要在白天？晚上不是更方便嗎？」

「這是麥龍先生的要求。你若有疑問可以打電話問他。」

拜諾恩不想跟他再多談，站起來走到窗前，把布簾撥開一線。

透過「麗絲酒店」八樓房間的窗戶，拜諾恩仰視灰雲密佈的天空。

他開始感覺：不應接下這次工作……

在預付五萬美元的支票上簽名的，是庫爾登菸草公司行政副總裁克里夫・麥龍。

目標：庫爾登公司前會計主任班哲明・辛普遜，現匿居亞利桑那州漢密爾頓市郊春田區瓦科街十三號平房。

任務：協助庫爾登職員安全押送辛普遜到漢密爾市以西三公里的小型飛機場，登上庫爾登公司專用飛機，返回德州達拉斯的總部。

這種「私人拘捕」工作，拜諾恩的保安公司過去也幹過兩次。行動雖然屬於「半違法」，但過去完事後也沒有遺下尾巴，因爲目標人物本身就犯了罪，爲了逃過囚獄生涯都會答允一切條件。

企業界進行這種私自拘捕瀆職僱員的行動並不是罕見的事。不報警是爲避免影響商譽和股票價格，而以私人手段找回失款或商業機密。一般做法是先僱用私家偵探查出目標所在，再請拜諾恩這種保安專家協助行動。這兩種專業的保密程度都極高。

門鈴又響起了。桑托斯這次爽快地開門，因爲從鈴聲的節奏和次數，他已知道是同僚森瑪。

「啊，原來有這種暗號。」巴澤笑說。「下次我用它，你們會快點開門吧？」

德魯安在一旁操著法國口音說：「暗號每一次都更換。」

森瑪瘦小的身軀穿著快遞公司的制服。他小心翼翼地把帆布郵件袋放在床上。

「多謝。」森瑪從桑托斯手上接過鋁罐，喝了一大口可樂。

「怎麼樣？」拜諾恩拍拍森瑪的胳膊。

「好極了。一般的市郊住宅區，房子也隔得夠遠，靜得很。二十條街道才有一輛巡邏警車。」

「等一等！」巴澤的臉瞬間蒼白起來，不一會又恢復正常。「你到……辛普遜的屋子看過嗎？」

巴澤那短促的表情變化，並沒有逃離拜諾恩的眼睛。「我們當然要預先視察四周的環境。」

「屋子裡……」

「放心。」森瑪說。「我沒有走得那麼近。」

「我只是擔心你們驚動了他……」巴澤強笑。

森瑪從郵件袋掏出一疊拍立得照片，從中挑出一幀。「我發現了這個可疑的傢伙。大概只有五呎六吋高，不是辛普遜。」

拜諾恩仔細看：照片中出現一條模糊的黑衣人影，戴著黑色的紳士帽，手上提著類似皮箱的黑色東西，佇立在街道一角的燈柱旁。

「這像極了《驅魔人》（The Exorcist）的劇照嘛。」桑托斯說。

「他非常謹慎，不讓任何人走近身邊，包括小孩。」森瑪說。「這已經是照得最清晰的一幀了。我不想冒險再接近。他在目標屋外逗留了十分鐘。」

「在搞清楚這傢伙是什麼人之前，不宜行動。」拜諾恩的眼睛仍沒離開照片上的黑影。

「不行。」巴澤斷然說。「正午十二時。」

「巴澤先生，我想你弄錯了一點。」桑托斯說話時，淺棕色的典型南美臉孔毫無表情。「我們的主要工作不是對抗危險，而是預先確認及避免一切可能出現的危險。除非有必要──例如確知目標即將離開，否則──」

巴澤揮手止住桑托斯，看也不看他一眼。巴澤這種人假如也有原則，那唯一的原則就是：永遠只與最高負責人談。

「拜諾恩先生，假如你拒絕依協議執行工作，本公司的律師將與閣下討論損失賠償的問題。」巴澤說到「律師」一詞時語氣格外重。

拜諾恩淡褐色的眼睛盯著他。

巴澤的笑容僵硬了，故作輕鬆地再次轉動指環。他轉身打開房門。

「巴澤先生，等一等。」

巴澤從拜諾恩的語氣中聽出某種堪稱「恐怖」的素質。

他轉過頭，看見拜諾恩指指他的臉，又點點自己的嘴唇上方。

巴澤兩秒後才醒悟這動作的意思。他慌忙擦去鼻下殘餘的那點古柯鹼粉末。

「早上十一時，酒店大廳見。」拜諾恩的眼神依然凌厲。

□

幸好沒有下雨。拜諾恩步出小型貨車，在陰沉天空下架起墨鏡。

他既非怕被人認出面目，也不是爲了掩飾自己視線的方向。許多年前他便發覺自己有一種異於他人的能力：在越陰暗的地方，他的視覺反而越敏銳。

整項行動有十一人參與。爲避免引起注意，他們分乘三輛小型貨車，抵達以目標寓所爲中心的二十公尺外不同地點。

第一輛車有三個人：巴澤及另外兩名庫爾登菸草公司的職員。其中一人負責駕駛，巴澤及另一名叫艾斯巴的職員負責正式「拘捕」。

第二輛車是拜諾恩和他的三個下屬，負責押送過程的保安工作。當然，如果辛普遜反抗的話，他們也會從旁「協助」巴澤。

拜諾恩這個四人組合已經合作了五年，至今證明是非常完美的搭配。

胡高・桑托斯・賈西亞是保安公司非正式的二號人物。曾在哥倫比亞幹過六年緝毒特警，經驗豐富，頭腦冷靜得像十磅重的冰塊。兩年前桑托斯因喪父而回鄉省親三個月，那段時候拜諾恩的胃痛頻繁得要命，這才切身體會到桑托斯有多重要。有他在，拜諾恩最少放了一半心。

亞倫・德魯安。四人中唯一幹過陸軍特種部隊的法國小子。爆發力和持久力都驚人。另外不能忽視的是六尺四吋的身高——視覺是保安專家最有力的武器，長得高自然也看得遠。是押送護衛行動中不可或缺的一員。

安東尼・森瑪。正式保鏢訓練學校出身。頭腦和身手一樣靈活，最擅長特技駕駛。待會載著辛普遜的車子就由他掌盤。

四人穿著一式一樣的黑色西裝、白襯衫和黑領帶。森瑪管這套衣服叫「魔術服」，因爲眞的只有魔術師衣服底下收藏東西的數量比得上它：襯衫底下是防彈背心，正面鑲有鋼板；外套暗袋載著無線電對講機，接通左邊的耳機和夾在襟口的麥克風；腰帶插著備用彈匣和手銬；外套後面的下襬內側，以魔術自黏膠帶藏著急救止血墊和伸縮式警棒；襯衫口袋有筆型手電筒；右腋吊帶上掛著能砍斷麻繩的「冷鋼」日本匕首；最重要的當然是插在左腋下的奧地利製「格洛克十七」九釐米口徑自動手槍。

第三輛車上有四個人。拜諾恩搞不清他們的身分。他們最初還以爲這四人是法律專家，但攀談過幾句不著邊際的話後又覺得不像。森瑪看見他們拿著一具神秘的金屬箱上車。

「他們有點像醫生。」森瑪當時說。

正如森瑪所說，四周環境非常理想。寧靜的市郊住宅區。沒有上班的主婦不是到了商場購物就是躲在家中吃午飯、看電視上重播的肥皀劇。小孩都上學了，偶爾有一兩個站在前園的婦人，也只把他們當作來視察的市政府官員之類。一套筆挺的西服已夠騙過她們了。

辛普遜的房子窗戶全部落下厚簾。德魯安已繞到後園看守。桑托斯和森瑪站在兩側的屋角。

硬闖原非拜諾恩的計劃，他們並不是警察，最好的方法是等候辛普遜出外時把他逮住；但巴澤堅持要直接進入他家。

「巴澤先生。」拜諾恩白皙的臉上帶著嘲諷的笑容。「你認爲最好用什麼方法進去呢？」

「這樣如何？」巴澤突然伸腿踢向正門。

這外行人敢情看太多電影了。拜諾恩沒來得及咒罵，門鎖一點也未動，屋內的辛普遜可能已抓起槍枝。

拜諾恩閃到正門旁，右手伸入西服外套底下，巴澤依舊鎮定地站在門前。

「你早知道辛普遜不在裡面！」

巴澤以笑容作答。

「過來幫我打開這道門吧。」

「我不幹了。」拜諾恩準備用無線電呼叫同僚撤退。

巴澤從口袋掏出一張支票。「這個跟律師信，你挑選哪一個？」

拜諾恩的臉顯得更蒼白。

「首先聲明，這不是威脅。」巴澤把支票塞進拜諾恩的西服口袋裡。「庫爾登公司的力量足以把你搞垮。」

「先告訴我：你們眞正想幹什麼？」

「麥龍先生只想從這裡拿走一件東西，我保證不會傷害任何人。」

「保證？」拜諾恩冷笑。「爲什麼不早說清楚一切？」

「我們可以繼續站在這裡爭辯，直到巡邏警察看見我們爲止。」巴澤轉動著紅寶石指環。

拜諾恩的右手鬆開槍柄，把外套左襟略略提高，對著麥克風呼叫德魯安。

德魯安只用一腿便把正門踢開。

□

拜諾恩把黑暗而空曠的房屋內部看得清清楚楚。這兒最少已經三個月沒有人居住。單是霉腐的空氣已證明了這一點。

大廳內除了幾個塵封的木櫃外什麼家具也沒有。天花板原本吊著電燈的地方只剩下幾根突出的膠電線。

巴澤跟他的下屬艾斯巴打開手電筒。四名「醫生」提著金屬箱進入，最後一個把正門關上。

拜諾恩把墨鏡插在襯衫口袋後問：「你要找的是什麼東西？」

「我也不知道。」巴澤拿著手電筒向四周照射。「麥龍先生只向羅高博士說明了。」他指指那個剛把金屬箱放在地上的禿頭「醫生」。「我只知道那是一件……很大的東西。」

手電筒的光柱停留在大廳中央地板上。

一個六呎長的木箱。

「這屋子活像座大墳墓。」森瑪不安地說。「那不會是棺材吧？」

德魯安輕輕的嗤笑聲在屋內迴響。這小子從來不知什麼叫「恐懼」。

禿頭的羅高博士蹲在木箱旁。他先檢視了箱子好一會兒，才把蓋子掀開一線。

一絲異樣的臭味從箱內飄出來。

羅高博士如反射作用般關上蓋子。

「是那東西嗎，博士？」巴澤焦急地問。

羅高點頭，吩咐其他三名「醫生」打開金屬手提箱。

拜諾恩一直盯住羅高那副奇怪的表情。

「我認爲我們有權看看這口箱子。」桑托斯說。「如果藏著什麼違禁品……」

巴澤不耐煩地揮揮手。「請你們四位退後一些，不要妨礙他們工作。」

拜諾恩恨不得狠狠踢斷這傢伙的膝蓋。他多年來都不用拳頭。保安專家的雙手是用來開槍或幹其他更重要的事情的。一根靈活的指頭有時就是生死關鍵。

巴澤把一具對講機交給艾斯巴。「叫湯姆把車子開到門前。我們五分鐘內離開。」

三名「醫生」從金屬手提箱掏出一具電子儀器、一堆膠管和一個半透明的厚質大膠袋。他們首先用大膠袋套住整個木箱，木箱看來極沉重，羅高博士和另外三人費了很大工夫。

拜諾恩在廳內四周環視。屋內極度黑暗，他卻連斜掛在牆角的蜘蛛網也看得清楚。

四名專家開始把膠袋封口，然後接上一根膠管。管道接駁到一具手提十四吋電視機般大小的複雜機器上。

「開始輸氣。」羅高博士向操作機器的助手命令。「注意溫度及濕度，要保持與這屋子內部完全相同。」

拜諾恩博士進到廚房，環境同樣荒廢，餐桌上散佈著紙張，拜諾恩隨意拿起幾張，有的是樂譜，有的似乎是歌詞或詩，拜諾恩對那潦草的字跡有熟悉的感覺。

羅高那名助手目不轉睛地盯著機器上的讀數。「調校完成，密封程度良好。」

包裹著木箱的膠袋有節奏地輕緩張弛，機器顯然不斷地輸入及抽換膠袋內部的空氣。

其中一篇詩詞末尾有一個簽名。拜諾恩努力回憶在哪兒見過。

「箱子恐怕要四個人才能抬得動。」羅高博士仍蹲在木箱旁。「我要負責監控那具輸氣機，故此請艾斯巴先生幫——」

□

聽到羅高博士的尖厲慘叫時，拜諾恩衝出廚房，同時拔出手槍。

拜諾恩在紐約當過三年警探，期間他看過種種慘酷的場面。他看過被毒販肢解的碎屍；看過黑手黨把叛徒雙腿用混凝土封住然後拋進哈德遜河；看過發狂的癮君子把自己的臉硬生生抓爛；看過變態連環殺手虐殺受害人時拍攝留念的錄影帶。

但是他從來沒有看過這種情景。

羅高博士的右頸被突起的膠袋緊緊「咬」住了。

羅高瘋狂地掙扎，手腳在空中劃著誇張的圓弧，彷彿一具被細線吊起的木偶。

拜諾恩看見半透明的膠袋內出現某種「東西」，把膠袋撐得突起，而那突起的最高點緊包住羅高的頸項不放。

膠袋開始大幅度地收縮、鼓脹、再收縮，節奏漸漸加速。整個巨大的膠袋活像一副呼吸中的肺臟。

廳內所有人呆住了。

膠袋最後一次極劇烈的收縮。

拜諾恩聽見一種肉體破裂的聲音。接著是一連串濕潤而軟綿的東西互相磨擦的怪聲，拜諾恩唯一聯想到的是性交和殺戮。

膠袋迅速鼓脹，內壁噴滿一層薄薄的血紅色液體。

羅高的身體瞬間乾癟，脫離了膠袋。

沒有人逃跑或開槍，廳內的空氣彷彿流漾某種魔咒。

五根尖利的指甲洞穿膠袋，向下劃開裂口。

膠袋從兩邊剝開，一個渾身血污的赤裸男人，站立在蓋子碎裂的木箱上。一頭鬈曲的黑髮長及股際。

男人雙臂緩緩向橫張開，形態就如被釘在十字架上的耶穌基督。

巴澤的手臂完全僵硬，手電筒的光芒照射在那奇異的赤裸男人身上。

一張蒼白、瘦削、年輕、英俊的臉。

拜諾恩一眼認出他是誰。

曲譜、詩詞和潦草的簽名，全部屬於這個拜諾恩極度熟悉的男人——

「既視現象」（Deja Vu）樂隊的靈魂人物約翰．夏倫！

二十五年後血之迷幻搖滾樂

約翰・夏倫，六〇年代末最具代表性的迷幻搖滾樂隊「既視現象」主唱，並包辦所有填詞工作，自稱「蛇王子」的天才人物，被譽爲「美國最後詩人」。

「既視現象」共發表七張大碟，總銷量迄今逾六百萬張。

風靡一代的夏倫是反體制的象徵人物，演唱會上曾暴露私處，向觀眾吐口水，還在終場一刻倒臥棺柩內。嚴重酗酒，傳聞沉迷多種毒品。

一九七二年歐洲巡迴演唱期間，六月十三日暴斃於巴黎酒店浴缸裡，官方把死因列爲心臟病發，去世時滿臉髭鬍剃得精光。

死後下葬巴黎市郊彼里・拉蔡西墳場。從發現死亡、找醫生簽發死亡證明到簡單的葬儀，全由同居女友露絲瑪莉・庫蒂絲一手處理，因而引人疑竇。傳媒對其死亡之謎一直揣測不休，數以萬計的樂迷深信夏倫仍然在世，正匿藏於地球某一角專注寫詩。

「既視現象」鍵盤手安東尼・霍普曾說：「假如有人能僞裝死亡——拿一張假死亡證，把一具一百五十磅重的沙袋裝進棺材裡下葬——那個人就是約翰・夏倫。」

「死」了二十五年的約翰・夏倫臉向左轉三十度，直視拜諾恩。

雖然那張臉比一九六六年「既視現象」初出道時還要瘦削、年輕，拜諾恩仍一眼確定這是夏倫本人沒錯。

「既視現象」達到顛峰時，拜諾恩才剛出生，甚至還沒到西方國家來。但他自少年時代開始已迷上了夏倫。他隨時能夠唱出「既視現象」的成名作《仇恨的孩子》（Children of Hated）：

Murder is a funny game（謀殺是個有趣的遊戲）
When it's played in God's name（當以上帝之名去玩時）
On top of the pyramid of joy（歡樂金字塔的尖頂上）
I heard the cry of deepest pain（我聽見最深刻痛楚的哭泣聲……）

拜諾恩凝視夏倫：那臉龐和身姿透著一種難以言喻、不屬於人間的優美。

他與夏倫那對近乎透明的淺藍色眼瞳視線相對，夏倫的眼有一股磁鐵般的吸力。

然後拜諾恩發現自己的身體完全不能動彈，有如被一張無形的蛛網纏著。

頭腦最冷靜的桑托斯最快恢復了神智，他舉起「格洛克十七」手槍。槍管爆閃的火花在黑暗中格外刺目。

下一瞬，桑托斯的頭顱已朝後扭轉一百八十度，身體無聲息地崩倒。

夏倫像隻野獸般蹲伏在桑托斯的屍體上。

沒有任何人看見剛才發生了什麼——除了拜諾恩：他清楚看到九釐米彈頭深入夏倫腹內，濺出血花。夏倫同時以幾乎像飛的動作躍到桑托斯面前，雙手把他的頸項扭斷！

——這動作有多快？十分之一秒？拜諾恩卻看得清楚。

站得最接近夏倫的巴澤，身體顫抖得像站在快速行走的卡車上，褲襠濕漉了一大片。

他連說一個字的機會也沒有，左邊腦袋一塊頭皮已連同頭髮及一把血漿飛出。巴澤的身體與手電筒一起著地。

一旁的艾斯巴臉上沾了幾滴巴澤的血漿，驚慄得拋掉手電筒。

兩支手電筒都熄滅了，屋內漆黑一片。

拜諾恩完全發揮黑暗中的視力，接著發生的一切看得更真切。

最先發狂的是德魯安。他右手一口氣把槍內十七發子彈送出，左手拔出外套下的「冷鋼」匕首。

結果匕首橫貫他自己的腦袋，從右太陽穴插入，左太陽穴上剛好突出少許刃尖，驟看有點像「科學怪人」法蘭肯斯坦。

Red guitar as my machine gun（紅吉他當作機關槍）
I pointed the barrel towards the Sun（我把槍管指向太陽）
Silver rain of rhyme-bullets（銀雨般的音韻子彈）
Poured over the Temple of Solomon...（落在所羅門聖殿之上……）

森瑪伸手觸摸到正門的把手之前，整個人被凌空提了起來。

他的身體與艾斯巴被緊緊扭成一團，全身突露的斷骨互相刺入對方的肌肉，艾巴斯的心臟被挖出，塞進了森瑪的嘴巴。

I saw a parrot on the doctor's head（我看見醫生頭上有一隻鸚鵡）
It told me the universe's mad（牠告訴我宇宙已經瘋了）
So I mix the medicine with salt and whiskey（所以我把藥混合鹽和威士忌）
Then drink it with a wish of painless death...（然後懷著無痛死亡的希望喝下它……）

餘下來的三個「醫生」，有兩個被剛才德魯安的亂槍當場擊斃，最後一人仰躺在地上，夏倫赤裸健美的身軀俯伏在他上面。

夏倫的頭臉深埋進犧牲品的左頸窩。

拜諾恩再度聽到那種濕潤的怪聲，「醫生」的身體緩緩變得扁平，拜諾恩看見「醫生」的左手剎那變得蒼白，消失了一切血色。

拜諾恩的淚腺完全失控，模糊中他再次看見夏倫透明的眼睛直盯向自己。

廳內異常靜寂，只有那台抽氣機的低沉鳴音，還有天花板滴落血水的聲響。四周牆壁跟地板沾滿血污、腦漿和內臟碎塊，腥臭味充溢黑暗的空間。拜諾恩感覺猶如進入了一隻巨獸的體腔內。

他拚命搖動身體，卻連一根指頭也使喚不了。類似這樣的「夢魘」他在十九歲時經歷過一次：那一夜他突然從睡眠中醒來，房間內一切看得清清楚楚，腦袋也百分百確定自己不在夢中，身軀卻一點兒也動不了。一直沒有信仰的他拚命在心中默喊耶穌基督的名字。大概過了幾小時（那段經歷期間他完全失去了對時間的觀念，也無法移動頭頸去看時鐘或手錶），「夢魘」突然消失，他惶然從床上坐起。

後來看過許多有關的書籍後，他確信那是與靈界無關的現象，而是一種睡眠失調：「夢遊症」是腦袋睡眠而身體機能清醒，「夢魘」則剛好相反。

如今拜諾恩卻遇上另一場更恐怖的「夢魘」。

夏倫展露他那曾令千萬樂迷醉倒的曖昧微笑。臉頰上凝結龜裂的血漬彷彿某種古老圖騰。他伸出修長尖銳的十根指頭，一步一步邁向拜諾恩。

拜諾恩有一股欲嘔的衝動，淚水持續潸潸流下。他想起慧娜。

夏倫越迫近，那透澈的水藍眼瞳傳來越強的吸引力。拜諾恩的臉開始充血，表皮也敏感起來，浮滿雞皮疙瘩，甚至能感覺到夏倫冰冷的鼻息。

夏倫咧嘴，拜諾恩看見了他的牙齒。

「Holy shit!」拜諾恩心中驚叫。

夏倫左手食指尖利的指甲，輕輕刮過拜諾恩的喉結。

Two blue snakes crawl out from my eyes（兩條藍蛇從我的雙眼爬出來）
They have forked tongues made from hellfire（他們擁有地獄火造成的分叉舌頭）
I read the Bible written with blood（我讀用血寫成的聖經）
To have the whole Apocalyse memorized...（好把整篇《啓示錄》記憶下來……）

夏倫一邊唱著這首拜諾恩從沒有聽過的歌，一邊不斷撫弄拜諾恩的喉頭。

「你究竟是什麼？」

問這句話的是「蛇王子」夏倫。

「什……麼……意思……？」拜諾恩勉力反問。

「你究竟是什麼?」夏倫似乎沒有聽見拜諾恩的話,他的指甲停在拜諾恩鼻頭,拜諾恩知道他的力量足以在自己臉上刺穿一個窟窿。

陽光突然在拜諾恩身後出現。

玻璃窗毀碎,一條黑影扯脫了簾幔在地上蹲下。

夏倫發出野獸般的嚎吼,朝後飛退,拜諾恩的耳膜被震得鳴響。

「黑影」是一個戴著紳士帽的男人,他高舉一具金色的耶穌像十字架。

「醜惡的魔鬼退下!」男人呼號。「吾以全能上帝之名,命令你回到黑暗的地獄!」

男人揮動手中一只小瓶,幾滴像清水的液體灑在夏倫身上,夏倫怪叫著退入陽光照射不到的暗角。

「無論什麼活物的血,你們都不可以吃;因爲一切活物的血,就是他的生命:凡吃了血的人,都會受到懲罰……」男人繼續唸誦《聖經》〈利未記〉第十七章的經文。

夏倫的身體萎縮到角落。他的手腿關節突然呈不可能的角度扭曲,猶如一隻巨型蜘蛛般爬上了牆壁。

他暴露出兩支尖長的犬齒，無意識地吼叫。

拜諾恩發現，自身四肢的無形束縛消散了。

他閃電般拔槍，瞄準夏倫的眉心。

九釐米子彈打碎了夏倫左耳——他及時偏過了頭顱。

拜諾恩正要再扣扳機時，卻看見夏倫的身體發出白霧。

拜諾恩朝白霧最濃之處連續開火。

就在他發出第三彈時，十多片磚石像隕石雨般，從白霧中疾激飛射而下。

拜諾恩低頭閃過兩片，第三塊卻狠狠擊中他胸膛。他在昏迷前聽見自己肋骨破裂的聲音。

N・拜諾恩之日記【II】

十月十一日

……上一次流淚到底是多久以前的事呢？我想不起來。在床上翻遍了這部日記也找不到。它只證實了我在這三年裡從沒有哭過。

三年？不只如此吧！我想上一次哭泣恐怕是二十年前的事情了。許久以前我就明白，把感情表露在臉上是多麼愚蠢的行爲。

我一直慶幸自己從不需要擺出一副迎人笑臉去討活：在警局裡感情是不必要的東西，紀律取代了一切；經營保安公司以來，接待工作則一直由桑托斯處理……

噢，桑托斯。兩個星期前我才跟他因爲股份問題吵了一架，現在回想起來當然是無聊極的蠢事。現在一切都不重要了，胡高·桑托斯·賈西亞的身體相信已埋在冰冷泥土下。

還有德魯安和森瑪，全都給夏倫——不，是那個曾經叫做「約翰·夏倫」的混球——殺死了。那雜種混球究竟是什麼東西？

剛清醒時我問過蘇托蘭神父。他的回答簡單得要命：

「吸血鬼。」

我起初笑得肋骨也痛了起來，然而蘇托蘭問：「你連親眼看見的東西也不敢相信嗎？」我止住了笑聲。

「等一等。」我說。「你的意思是：那兩個被他吸過血的傢伙也會變成……吸血鬼或者活屍嗎？」

「不。」蘇托蘭神父的表情非常嚴肅，像在對一個有疑問的教徒解釋經文般。「除非他們在死亡前也被餵了吸血鬼身體流出的血，才會變化成那種邪惡的東西。這項互飲血液的儀式稱爲『黑色洗禮』（Black Baptism）。」

蘇托蘭也曾檢查我的牙齒和身上的創口，確定我並沒有被夏倫的血污染。

蘇托蘭的額頭仍纏著紗布，他的額角也給夏倫擲出的磚塊擦傷了。

「你非常幸運。」蘇托蘭替我更換藥物時說。「那東西被我的聖水灑過，加上陽光和十字架壓制，令它的力量減弱了許多。即使如此，假如你不是穿上正面加有鋼板的防彈衣，那塊磚頭鐵定會撞裂你的心臟。」他把那塊被擊得凹了一小圈的鋼板拿給我看。

神父繼續說：「這種東西擁有相當於幾十個人的體力，而且移動速度非常快，人類視覺無法捕捉。」

我察覺他說這話時臉上有一絲興奮，一個四十來歲的歐洲神父竟以研究吸血鬼爲興趣，我似乎走進了恐怖電影的世界中。

「我看得見。」我說。「我看得見夏倫的動作。」

「不可能。」神父皺起眉頭。「何況屋內一片黑暗，你不可能看得見。」

我不願再跟神父爭辯，體力上也不容許。我還有許多事情必須知道。

我瞧瞧這汽車旅館房間四周，然後問他爲什麼不把我送進醫院。

蘇托蘭一聲不響地從餐桌上拿來兩天前的《漢密爾頓論壇報》。

我呆住了。報紙頭版上有我的照片。

我成了瓦科街九人死亡屠殺的通緝嫌疑犯。

指證我的是重傷躺在醫院裡的巴澤——那狗雜種腦袋被抓破了一片也沒有死！

從報導中得知，連房門外等候的司機湯姆也被殺了，小型貨車也被盜去。

看完整篇頭版報導後，我問蘇托蘭神父：「爲什麼？爲什麼巴澤要指證我？不是巴澤，是庫爾登菸草。爲什麼他們要掩飾吸血鬼的事？」

我把受僱於庫爾登公司的始末向蘇托蘭說出。他畢竟救了我一命，我認爲已沒必要向他掩飾什麼；何況他現在隨時可以把衰弱的我交給ＦＢＩ。

「聽完你的話後，我心底的疑問比你還要多。」神父說。「爲什麼庫爾登菸草公司要抓一隻吸血鬼？他們如何得知夏倫在那屋子裡？」

「你呢？」我問。「你又如何知道？」

「我如何知道？」蘇托蘭神秘地微笑。「我畢生都在致力驅逐這類醜惡的東西，我五次未經教廷許可而進行驅魔儀式，如今已被開除聖職；但是我不在乎，只要嗅到一丁點吸血鬼的氣息，我就到那兒尋找它，設法把滿滿一瓶聖水灌進它的喉嚨裡，讓其眞正死亡和安息，這就是上帝給我的使命！

「我已經監視夏倫整整一個月，但一直沒有把握應付它。期間它又殺害了兩個人，我只能忍耐，以免讓它逃脫。然後你們便出現了。」

在這首次談話後，我斷斷續續昏睡了整整兩天，然後開始寫這篇日記。

（續）……感覺傷勢開始好轉了。蘇托蘭神父的療傷技術非常優秀，他後來才告訴我，他在大學讀的是醫科。

昨晚夢見慧娜，她重複說著那句分手時最後的話：「我不想再看見你這頭冷冰冰的怪物……」但夢中的她笑容仍然溫柔。

想起桑托斯、德魯安和森瑪，感覺就像走路時突然踏進了打開的污水洞。他們的死亡並沒有令我感到極度悲傷，只是三個人同時毫無先兆地從身旁消失……我無法形容那股寂寞的感覺。

回想起來，我的人生已經可以說一無所有，沒有家庭，唯一可稱得上「朋友」的三個人一起被鬼怪殺死了（到現在我還是很難接受這事實）。自己變成了通緝犯，銀行戶頭一分錢也拿不了，甚至連眞正的名字亦不能再隨便告訴別人。

我的人生經過二十八年後竟然是個「零」。

我有一股想向神父告解的衝動。

越來越想念慧娜，實在不該讓她就這樣走了。

想起家裡的書桌抽屜中還藏著寫了一半的小說，心頭有一種異樣的感覺。警察或ＦＢＩ大概在翻閱它吧——以斷定我是如何變成精神異常的殺人者。

立志當小說家是十五歲時的事，那時以爲自己能夠改變世界。後來醒悟了：世界上根本沒有像「藝術」這種具有絕對價值的東西，充斥人間的只有種種相對的價值：勝利和失敗；富有和貧窮；統治和被統治。

於是放棄了寫那本小說。現在連它的內容也記不清了。

很想再睡一會。

……蘇托蘭把晚餐端來時再次問：「你眞的看見夏倫的動作？」

原來那句話他仍放在心上。我和盤托出當時目擊的一切，描述得十分仔細。我怎麼忘記得了？

「這間汽車旅館是在什麼地方？」我打斷了他的沉思。他回答我：在州際公路旁。末後還加上一句：「放心！沒有人會懷疑神父。」

原來他替我用「巴圭亞神父」的名字登記了。他對旅館主人說我有點小病，要在這兒休息幾天。

「你如果要繼續追捕夏倫可以立即離去。」我說。「我照顧得了自己，留一套神父衣服給我便行了。」

「我就是要逮住夏倫才把你帶在身邊。」神父的回答出乎我意料之外。「你槍傷過它，它不論用任何手段也會找你報復，這是吸血鬼野性的本能，它已記憶了你的氣味，你逃不了。」

一想到必定會跟那邪惡的混球再見面，我又忍不住冒起雞皮疙瘩。

（續）……剛才發生的事情太奇妙了。花了好長一段時間才能平復心情把它記下來。

吃完晚餐後，蘇托蘭神父從浴室端了一小杯帶著奇怪腥味的藥水給我。

我點點頭把它喝下了。

要用文字來形容喝下這杯藥水後的感覺實在太困難了。除了暈眩外，我感到彷彿可以用眼睛看見自己的內臟。

幽暗、溫暖的內臟裡，我看見一點稀微的光。我定定地凝視那光點，感到無上的暢快，就像一道把我封鎖了二十八年的厚重大門忽然打開了一線，全身輕輕鬆鬆，肋骨的痛楚也減緩了，一心只期待那光點繼續變亮、變大。

但我失望了。光點越來越小，最後隱沒在黑暗中，視覺也返回了這間狹小的旅館房間。

然後我感覺口渴極了。

我質問神父是不是給我喝了什麼迷幻藥。

他似乎沒有聽到我的問話，神情呆滯。我瞧見他左手指間掉下了一小片棉花，無名指頭有一道剛割破不久的殷紅創口。

蘇托蘭再次檢查我的眼睛跟牙齒，他接著搖搖頭。

「上帝啊！」他看著我的眼神中帶著驚疑。「你究竟是什麼？」

他問的話與夏倫一模一樣。

我究竟是什麼？

神父頹然坐在床邊。

「等你能夠行走後，我要帶你去見一個人。」

我問他是誰。

他只說：

「希望他還沒有死。」

恆溫室・聖餐餅・心經

十月十一日　德薩斯州　達拉斯

每一次經過吹塵室和紫外線照射消毒室時，克里夫・麥龍都不期然感覺自己的生命力減弱了一點。他始終認爲這房間內充溢了死亡氣息。

鋼門打開。五名全身罩著白色密封衣的醫生正在監控一大堆器械儀表。麥龍不必看也知道，儀表指針和綠螢幕上的發光線都顯示，病人的生理機能在不斷衰退。

令麥龍意外的是，荷西・達金也在這裡。

——這個黑鬼來幹什麼？

達金從椅子站起來，向麥龍微微點頭。「你好，副總裁。」麥龍聽出達金語氣中毫無友善或尊敬之意。

麥龍沒有直接問話，而以一貫的傲慢眼神上下掃視達金，彷彿正拿著刀子找尋戳下去的最佳部位。

「主席召我來跟他談話。」達金毫不在意地微笑，末後還加上針刺般的一句：「是有關幾天前的事。」

麥龍雖在極力掩飾內心的緊張，鼻翼仍禁不住顫動。瞧向監控室的巨大玻璃幕。

玻璃後的無菌恆溫室中，一個瘦得跟骷髏已沒有多少分別的老人躺在床上，被單下伸延出各種顏色的喉管和電線。老人臉上浮現斑塊和腫瘤，雙眼卻睜得明亮，斜斜瞪住隔著玻璃幕的麥龍。

麥龍知道這個衰弱的老人只要還清醒，便能揮揮手撼動華爾街股市，也能動動小指頭把他這個副總裁彈到垃圾堆中。

查理斯．庫爾登。庫爾登菸草公司創辦人及現任董事會主席。

「麥龍！」透過麥克風，庫爾登仍聲如洪鐘。「你他媽的搞垮了這件事！你這臭雜種，母狗養的！」

麥龍屏住呼吸。「十分抱歉，主席。是巴澤那小子太不小心——」

「省掉解釋的力氣吧！」庫爾登呼喝。「最初不是說你僱用的專家萬無一失嗎？狗屎！要不是你他媽的堅持親手幹，而交給達金繼續料理的話，『那東西』一早就到手了！」

麥龍從玻璃的反映中瞥見達金的微笑。

「我們還能抓『它』回來……『它』走不遠的，我會出動所有可靠的私家偵探——」

「我不想再被你搞垮一次！我沒時間了。」庫爾登的眼神像要吃掉麥龍一般。「從這次的事件我確定了：那『東西』不是普通人物能夠捕捉的。」

麥龍無言。

「達金。」庫爾登的聲音瞬間柔和下來。「你是怎麼獲得漢密爾頓的情報的？」

達金神情嚴肅地站立，頭顫呈微妙的優美角度下垂。「是我僱用的一位先生提供的。我也不大清楚這個人的底細和能耐。我只見過他一次，但可以感覺出他並不是普通人物。」

「你是說他有辦法把那『東西』抓回來嗎？」

「是的，主席。」

「聯絡他。我授權你動用公司的研發基金。不惜任何價錢。」

達金用眼角瞄瞄身旁的麥龍。「上次在麥龍副總裁的堅持下，我們沒有把處理那『東西』的工作交給這個人。爲了這件事他非常生氣。我不敢肯定他是否願意再次接手。」

麥龍額頭滲出冷汗。原本恐怕給達金搶了一切功勞，而決定用自己僱請的人手，還派出親信巴澤監督整個運輸工作，結果弄巧成拙。

麥龍突然想到：有關那「東西」的能力和特徵的資料，達金是否對他隱瞞了一些，刻意導致這次失敗呢？那「東西」在日間不是應該睡得像條死屍的嗎？這可惡的黑鬼……

「麥龍，你先回去吧！」庫爾登再次透過麥克風咆吼。「公司還有很多事等著你！」

麥龍踏出監控室。在鋼門關上前，他聽見庫爾登說：「達金，再說說有關那『吸血鬼獵人』的事……」

麥龍狠狠扯下頭上的白帽。他知道要保住自己在庫爾登菸草公司中的地位，只有一個方法：比達金早一步捉到吸血鬼！

十月十七日　亞利桑那州　金曼附近

「熱谷汽車旅館」十六號房間

史葛・朗遜張大嘴巴，伸向盥洗台的水龍頭，把剛服下的兩片止痛藥沖進食道深處。

他把水龍頭關掉，凝視鏡子中的自己——糟透了，兩腮淩亂的鬍子長得跟鬢髮混在一起。眼袋又黑又深，像剛打完了十二個回合的拳師。原本修得十分整齊的平頭，一個月沒理之下已變作凹凸不平的雜草叢。朗遜索性戴起帽子。

房間外面傳出「卡嚓」一聲——像自動手槍上膛的聲音。朗遜左手插入西裝內，握住了左腋下的「貝雷塔92F」槍柄。

手指鬆開來了。他想起剛才忘記把袖珍錄音機關掉。那是帶子轉盡後「錄音」鈕自動彈起的聲音。

朗遜步出浴室，重重地坐在床上，順手把放在床邊的錄音機收回口袋。習慣性地看看手錶：早上十一時三十三分。

朗遜在心中飛快地運算：拜諾恩離開這裡最少六十小時了。

他坐在床端一動不動，雙手托住下垂的頭臉。

地毯上一點白色的碎塊吸引了他的視線。他從腰帶取出一柄瑞士萬用刀，在刀柄末端掏出一支小型鋼鉗，把碎塊輕輕夾起來，放進一個細小的透明膠瓶裡。

——這是什麼？

他細心地用小鋼鉗把碎塊弄出一小片，放上舌頭尖端，很淡的味道，不是毒品或調味料。像是……天主教聖餐的薄麵餅。

「那傢伙是個眞神父！」朗遜閉起眼。發現案件越來越複雜時，他需要黑咖啡。在ＦＢＩ待了十一年後，朗遜學會了一項本領：嗅出案件的「味道」。

朗遜檢查過所有的屍體，結論只有一個：不可思議。最初他還想像，凶手恐怕是個身高六呎半以上、上臂粗達三十吋的怪力巨漢或是職業摔角手之類。

資料檔案雖然列明，拜諾恩受過警察及特工處（Secret Service，專責保護總統之執法部門）訓練，但要單獨進行如此慘酷的屠殺幾乎是不可能的事，唯一的解釋是他在發狂狀態下發揮出異常的體能。

還有兩具體內幾乎滴血不剩的乾屍。兩個成年男人的血液彷彿消失到另一個次元般。是被拜諾恩帶走了嗎？

而協助拜諾恩逃亡的是個神父。

朗遜打開一本小小的記事冊，寫出一連串字句：

聖餐餅←→聖餐酒→基督之聖血

血！（乾屍）→宗教儀軌（神父）

吸引朗遜注意的是另一項更重要的線索：凶案現場搜出一批飾物（包括項鍊、指環、耳環），證實全部屬於「王儲」五名受害人所有。「王儲」就是近月肆虐於漢密爾頓地區的恐怖連環殺手。

朗遜繼續在記事冊上書寫：

飾物→「王儲」（拜諾恩？）

連環殺手←→邪教狂想（神父／血）

一個「圓」漸漸在朗遜腦海中成形。

法醫的報告寫得很糟，朗遜從中嗅到某種「掩飾」的味道，庫爾登菸草公司對於僱用拜諾恩及派員到漢密爾頓的解釋一直語焉不詳，而ＦＢＩ上層也似乎不願加以深究……

房門打開，進來的是朗遜的夥伴艾西，帶來了一副附有解調器的手提電腦。

「收到了。是疑凶的追加資料。」艾西熟練地開啓電腦，放在沙發上操作。

自認是「電腦盲」的朗遜，多麼感激上司派了艾西這小子給他。

「州警方面怎麼樣？」

「公路檢查站已架起二十小時了。」艾西搖搖頭。「沒有逮到一個人。他們恐怕已進了加州。」

艾西凝視電腦細小的液晶螢幕，手指在鍵盤上操作不停。

「我發現了一件有趣的事情。」艾西伸指點點螢幕。「拜諾恩的出生場所。」

「是垃圾場還是公共廁所？」朗遜把眼睛湊近電腦。

「精神病院。」艾西帶點興奮說。「母親是病人。『直系親屬具精神病史』，這恐怕能解釋那傢伙發狂的原因吧？」

「這得待『行爲科學組』（Behavioral Science）來判斷。」

「還有一點。」

「？」

「拜諾恩的母親是個修女。」

十月十七日　猶他州　鹽湖城

「柏諾威酒店」六一二房間

妓女吃力地舐著光頭男人胸膛的刺青。

光頭男人一動不動地閉目仰躺床上，彷彿在冥想。

十五分鐘前，當光頭男人脫下浴袍時，妓女確實吃了一驚：男人全身紋滿了一列列她看不懂的漢字。

她最初還害怕這是個難纏的顧客，說不定還是虐待狂。但他只靜靜躺在床上，閉起細小而單眼皮的雙目，以古怪的口音說了一句：「舐我的身體。」

妓女鮮紅的舌頭順著「無眼界乃至無意識界」一句滑下，停在男人左乳上打轉，接著橫越到右胸，嘴巴輕輕地吸吮「遠離顛倒夢想」上的「夢」字……

床頭電話發出鈴聲。光頭男人輕輕撥開妓女的頭，盤膝在床上坐起身子，抽起話筒。

「……我就是。我知道那件事。我早就說過他們駕馭不了……你的意思是這次讓我進行狩獵嗎？可以，但不是上次提出的價錢……達金先生，請你了解，那『東西』已被你們驚動了，現在要找它比早前困難得多，說不定它已回到同伴那裡……不行，要雙倍。我是指一百萬……能完成這項工作的人，世界上恐怕不超過五十個……好，成交。請在明天內把一半金額存進上次的戶口。多謝……不用了，我喜歡一個人進行……請放心，這是我的職業。世上沒有比日本人更尊敬自己職業的民族……我知道聯絡閣下的方法……謝謝。」

光頭男人放回話筒後，迅速恢復剛才躺臥的姿態。

「繼續。」

吸血鬼博物館

十月二十四日　加州　聖地牙哥

汶采勒圖書館

「從前有一個部落酋長的妹妹一直渴望生兒育女，卻久久不能懷孕。她早晚向祖靈祈求得到孩子，祈願卻多年沒有實現。就在快要絕望的時候，她突然發現自己懷孕了。

「胎兒成長的速度快得奇異，不過幾個星期便從母親的子宮中爬出來。這個孩子出生時全身都長著野獸般的濃密長毛，還有一副尖利的牙齒。

「隨著孩子迅速成長，部落內開始流言四起。族人說這孩子並不是人類，而是邪靈的誕生物；說他不是爲了食物和毛皮而狩獵，而是爲了欣賞動物死亡時掙扎的情景；又說他不但捕殺野獸，還殺害其他孩子和吸飲他們的血液。

「由於他是酋長的甥兒，部落中沒有任何人敢傷害他。但當失蹤的人越來越多，令部落泛起巨大的恐慌後，酋長終於知道不能再留下這個現已長大成人的甥兒。

「酋長拔出利刀，下令他的甥兒離開部落。但這個奇異的孩子拒絕了，於是酋長揮刀砍傷甥兒的手臂。奇怪的是，皮膚雖然割破了，但沒有一滴血流出來。

「酋長確定甥兒並不是人類，於是試圖把他殺死。怪物卻擁有異乎常人的體力。兩人糾纏了整整一夜，期間酋長的喉嚨好幾次差點被咬中。最後酋長鼓起全身的力量，把怪物摔到熾烈的營火中。

「怪物在火焰中掙扎，不斷地呼叫：我不是這麼容易被消滅的！我將繼續吸飲人類的血一千年！

「當呼叫聲逐漸消失後，怪物的身體被燒成灰燼，從火焰中升起，在夜空中形成一股旋轉的烏雲。族人看見，每一粒灰燼都變成了一隻蚊子。」

圍坐著聽故事的小孩子個個目瞪口呆，臉色帶點青白地凝視坐在正中央的老人。

「薩吉塔里奧斯先生，這個童話故事可不太有趣。」

老人回首。一張方形臉滿是斧鑿般的皺紋，唇上蓄著非常整齊的白鬚，一道已在歲月中褪色的長疤從左額下延至顎骨，雙眼透出像尖針般的光采。

換上了便服的蘇托蘭神父遞出右手，老人伸手堅實地一握。

「讓孩子體會恐懼也是一種教育。」老人操著溫文的純正英格蘭口音。「而且這不是童話，是印第安人特靈吉特部落的傳說。」

蘇托蘭向身旁的拜諾恩揮揮手。「讓我介紹，這位是——」

「我知道，我已看了報紙。」老人的語氣沉穩而自信。「神父，我早就說過你應付不了『他』。看看你的額頭。你很幸運。」

他把手伸向拜諾恩。「我的名字是彼得・薩吉塔里奧斯〔註〕。這姓氏實際上是我自己改的，原姓是溫斯頓。人們喜歡叫我薩格。閣下就是拜諾恩先生？」

拜諾恩握住薩格又大又厚的手掌，卻遲疑地看著蘇托蘭。

「放心吧。」神父說。「薩格先生跟我一樣，可說是不屬於現世社會的人。關於案件的事情可以放心告訴他。何況他對於『那東西』的了解，比你我都深得多。」

「神父如果想再次找我協助尋找『他』的話，請恕我再一次拒絕。」薩格說。

「我不單是爲了夏倫的事而來。」蘇托蘭神色凝重。「也是爲了另一個難解的謎。」

註：薩吉塔里奧斯（Sagittarius），即十二星座裡的射手座（人馬座）。

他指指拜諾恩，「那是關於這位先生本人。」

□

走進薩格這座落市郊的巨大寓所時，拜諾恩深深吸了一口氣。

大廳有如一座氣氛詭異的博物館。

首先吸引拜諾恩目光的，是正面牆壁上一幅巨大的油畫：一個長髮美女的頭顱長在一條碩壯的蛇身上，盤纏住一根黃金權杖。美女邪惡的微笑露出兩支尖利獠牙，沾在嘴角的鮮血彷彿將要從畫布上滴出。整根纏住蛇妖的權杖筆直插在一片堆積的枯骨上。

「這是傳說中吸血鬼的祖先——女妖莉莉絲（Lilith）。」薩格把帽子掛上門旁衣架時說。「根據猶太教記載，她才是上帝創造的第一個女人，是亞當的第一任妻子。」

蘇托蘭神父在一旁露出不同意的表情。

薩格繼續說：「她在遭亞當拋棄後，變成了眾妖邪的女王。為了報復對人類的怨恨，她在夜間吸飲嬰兒的血。根據摩西律法，吃活物的血是絕對禁忌。巴比倫神話中也有她的記載。」

「她真的是……『那種東西』的起源嗎？」拜諾恩問。他想到若在半個月前問出這種問題，連自己也會發出嘲笑。

「我還在研究中。」薩格的臉色非常嚴肅。「我如今正把有限的餘生，用以追溯吸血鬼的來源。雖然這恐怕是永遠無法完成的工作，但我不在乎。反正我的大部分人生都已貢獻在這種東西之上。」

蘇托蘭也是首次被允許到訪薩格的屋子，他興奮得像進入了寶庫一樣，最吸引他的是右面牆壁上掛著的十二個玻璃櫃。

木質的櫃框異常老舊，玻璃卻一塵不染。除了最右面的一個空著外，其餘十一個都藏著一件紀念品。

薩格禮貌地牽著拜諾恩的手肘，舉止甚具英國紳士風度。

「請過來參觀我的人生。」他帶著拜諾恩走近那列玻璃櫃。

「我至今共獵殺了十一隻吸血鬼。」薩格自豪地講解，把第一個玻璃門揭開，拿出藏在當中的一柄尼泊爾彎刀〔註〕。

「這就是我一生中消滅第一隻吸血鬼所用的武器。我用這柄刀把他斬首並戮穿他的心臟，再把屍身火化，骨灰撒入海中。他的名字叫邦巴斯，葡萄牙人，一九二一年『死亡』。我在四十一年前令他眞正安息。」

薩格拔刀出鞘，窗外射進的陽光，映得形狀奇特的刀身閃耀光華。

拜諾恩感覺有如進入了童話世界。

「那時候你多大年紀？」

「二十七歲。」薩格的微笑中浮現年輕時代的豪情。

「你爲什麼當上……吸血鬼獵人？」

「我畢生都是獵人。」薩格收刀回鞘，小心地放進櫃裡。「貴族出身的我七歲已開始飼養自己的獵犬。二十五歲前我已到過剛果三次。閣下和神父或許會覺得我是個殘忍的人，但我極度享受狩獵的滿足感，而且我是以智慧、力量、耐性與獵物比試，我相信這應該算是對牠們的一種尊敬。

「二十七歲那一年，當我對一切野獸都開始失卻興趣時，我在捕鯨船上聽到一名葡萄牙老水手說的事情。上岸後我便立即前往他的家鄉羅吉沙鎮。

「除了狩獵之外，我一向對於玄奇的事物有深入研究。我學習催眠術，嘗試過太平洋島民的蹈火儀式，拜訪過印度的苦行僧。但是我一直無法相信吸血鬼的存在。直到我找到邦巴斯的墓穴。」

「等一等。」拜諾恩說。「我也親眼看過吸血鬼的力量和速度……你真的單憑一柄彎刀殺死他？」

「我十分幸運。邦巴斯生前是虔誠的天主教徒。我用古老相傳的方法——十字架、聖水和聖餐餅壓制住他，一直堅持到天亮……」

「那是上帝的力量。」蘇托蘭插嘴。

「吸血鬼並非如傳聞中般絕不能接觸陽光，不過在白天他的力量確實減弱了許多，我跟他搏鬥了大概三十分鐘才成功砍下他的頭顱。」

註：尼泊爾彎刀（Khukuri），刀身寬短而形狀奇特，特別處是刀鋒位於內彎。現代英軍的尼泊爾傭兵亦有配備。

「你剛才說『幸運』……」拜諾恩回憶起夏倫被聖水灑中的情景。

「蘇托蘭神父一直不同意我的論點。他是神父，我當然沒有指望說服他。但我卻有切身的體驗作證據。」薩格打開第三個櫃子，取出一條銅鑄耶穌像十字架項鍊，上面佈滿鏽綠。

「帕薩維奇是被我消滅的第三隻吸血鬼。這條項鍊正屬於他，『死』後一直掛在遺體上。」

「你是說……」拜諾恩注視十字架。「這吸血鬼不怕十字架？」

「帕薩維奇生前是西西里島一名姦殺犯，被問吊而死。像他這種生前便極盡邪惡的人，或是從沒接觸過基督教信仰的人，變成吸血鬼後完全不害怕十字架、聖水之類。我相信這些宗教法器，只是對生前有信仰的吸血鬼產生一種心理性的恐懼，因而發揮壓制的作用。對於生前根本對上帝毫無畏懼的極惡吸血鬼，當然沒有任何效果。

「在捕殺帕薩維奇之初，我還沒有了解這道理。在驚覺聖水對他無效時，他已向我施襲。幸好那是在正午，我即時逃上了汽車。左臉上這條傷疤就是被他抓傷的。掙扎當中我也抓下了他頸上這條十字架項鍊。

「在養傷期間我一直看著它。我知道不能再用宗教法器制伏他。我需要一套更適合自己的方法。這時我想到學習了二十年的狩獵技藝。

「五天後的晚上我成功了。我特意挑晚上行動，因爲吸血鬼在午夜裡力量最大，同時警戒心卻也最弱。我用了最原始的狩獵方法——陷阱。他首先踏中了我埋在沙土下的虎牙鉗。他爲了掙脫它硬生生把左腳扭斷了。吸血鬼本身並無痛覺。

「他不知道我早已計算好他的逃走方向。他墜入了我預先挖掘的深洞中，裡面倒插滿削尖的鐵枝。他的心臟恰好被其中一根貫穿了，他不斷在嚎叫掙扎，口中吐出前一夜吸飲的鮮血。我把七個裝滿汽油的玻璃瓶一股腦拋入洞中，點火把他徹底消滅了。」

「那次十字架和聖水無效，是因爲你並沒虔誠地借助上帝的力量。」蘇托蘭神父口氣中帶著不滿。

「那是沒法證明的。」

「上帝並不需要證明。」

「神父。」薩格的語氣仍然溫和。「我尊敬你那堅貞的信仰。但我也有權堅持自己的想法。我相信上帝。但是我也相信，人類只能依靠自己的力量。這是我捕獵十一隻吸血鬼後歸納的結論，而你只有驅魔的經驗。」

這段話透著一種不容侵犯的尊嚴。

「神父，讓我告訴你一件事例。」他打開第七個玻璃櫃，從裡面拿出兩枝長箭。箭的造型非常奇特。其中一枝箭鏃有半呎長，幾乎佔了整枝箭的一半長度，有如一枚長鐵釘；另一枝箭的箭鏃則呈彎月形，鋒利的內彎朝前，兩邊月牙仍然尖銳。

「一九七〇年在倫敦海格特公墓出現吸血鬼。一名少女沃依迪拉脖子曾被咬，留下兩個發炎的傷疤。

「八月十三日，聖格拉爾教會的曼徹斯特先生出動進行捕獵吸血鬼行動，有大批人目擊其過程。

「曼徹斯特與朋友闖入了地下墓穴，經點算後發現多了一口棺材，比其他棺柩較爲完好，而且直接放在地上而非石台上。曼徹斯特於是開棺，在男屍第七、八根肋骨間打入木樁貫穿心臟。

「但是曼徹斯特低估了吸血鬼的智慧。事實上那隻吸血鬼的確帶了自己的棺木進入墓穴居住，卻把公墓中另一死者的屍體移進自己的棺材，自己則改用那副有登記的靈柩。

「那天夕陽西下之後，墓穴開始發出沉悶的吼聲。曼徹斯特不敢再進墓穴，而在穴外進行驅魔儀式，宣讀聖經和揮舞十字架，還在通道處撒滿聖水和聖餐餅碎塊。最後他全力把十字架扔入黑暗的墓穴，然後慌忙地以磚頭和水泥把地下墓穴通道堵死。

「事實證明，這位虔誠的曼徹斯特先生的驅魔儀式毫無效用。那隻吸血鬼——我給他起的名字是羅西亞——次日便挖掘磚牆離去，臨走前還把磚牆回復原狀。以吸血鬼的力量來說那是輕易的事。」

「你怎麼確定他逃出了墓穴？」蘇托蘭質問。

「我當時一直在旁觀看驅魔儀式。爲了確定墓內眞的有吸血鬼，我等人們全部離去後，在磚牆上加上一個蠟封印。結果第二天發現封印被破壞了。

「羅西亞爲了避過人們的注目，決定移往另一個城鎭肆虐。但是他太焦急了，不惜日夜兼程，因而令力量減弱了許多——期間他也沒有餘暇尋找吸血的對象。我輕易地追蹤到他，在一條無人公路旁，用這兩枝箭把他結果了。長釘箭貫穿心臟，月牙箭切斷了喉頭。

「一般而言，吸血鬼移動迅疾，可以輕易避開弓箭這種低速的遠程兵器。但是他太疲弱了，根本察覺不到我埋伏在他前方。我在近距離以強力的十字弩命中他。」

拜諾恩聽得入神了。動人的故事。薩格述說時所表現出的興奮和熱情深深打動了拜諾恩。他接過那兩枝奇異的箭，幻想壯年時的薩格如何握住十字弩匿藏在草叢中，手心微微冒汗，凌厲的眼神盯著遠方正以詭異姿勢奔行的吸血鬼……

那才是眞正的人生，拜諾恩想。他檢視自己的過去：在紐約那個絕望的城市中幹著絕望的工作；在特工處時保護那些只懂扯謊、自誇的政治人物；爲了保安公司的開支和盈利搞得頭昏腦脹……

拜諾恩察覺自己的臉熱起來，呼吸變得有些急促。那是久違了的感覺——只有少年時想到滿意的小說橋段時才會產生的感覺。

他恭敬地把箭放回櫃內，輕輕闔上玻璃門，然後熱切地問：「薩格先生爲什麼要當吸血鬼獵人？」

「我要怎麼回答你呢？那只是種奇怪的興趣罷了，我並沒有非要狩獵吸血鬼不可的理由。就像有的人喜歡賽車、打球、游泳一樣，那些都是與求生無關、對社會沒有任何益處的事。即使是原始人也會繪壁畫、或者拋擲石子取樂吧！我出生在富裕的貴族家庭。有錢人沒有了求生存的問題，所以總是特別渴求尋找生存的意義；有的選擇了最容易的方式：享樂——飲食、衣服、性愛……等，我則選擇了艱苦的狩獵。

「對於負有神聖的使命感而來，希望向我學習狩獵吸血鬼的蘇托蘭神父來說，我的想法也許有點冒瀆：我個人並不憎惡吸血鬼。相反地，沒有任何事物比吸血鬼更能引起我的興趣。我狩獵他們的原因就是爲了探求更多關於吸血鬼的事情——特性、能力、來源……等。」

「這個櫃爲什麼空著？」蘇托蘭指指最後第十二個玻璃櫃。

「這是紀念我一生中唯一狩獵失敗的一隻吸血鬼。」

拜諾恩如反射作用般仔細瞧向那個空櫃。

「我初次遇上他是二十年——不，二十一年前的事。之後我們又交鋒了四次，每一次我都落敗了。他非常狡猾、謹慎，不斷轉換居所。他避過了我所設計的一切陷阱，多次徹底擺脫了我的追蹤。他還具有駕馭其他同類的能力，招集多隻吸血鬼供他指揮，爲他尋找犧牲品，這樣他親自露面的時間越來越少，我要追捕他便更加困難。我估計他的『死亡年齡』有幾百歲。」

「幾百歲！」蘇托蘭的臉部肌肉顫動了一下。

「你見過他的樣子嗎？」拜諾恩問。

薩格搖搖頭。「看不清楚。白天他從不行動。最後一次與他交手時，我遠遠看見過他的臉。只有一點特徵確認得到：他的眉心刻紋了一個納粹的「鈎十字」徽號。

「之後我再沒有見到他，只查出他從挪威渡過了大西洋，抵達了美國。我從東岸苦苦追查到西岸，一直抓不到他的蹤跡。期間反而狩獵到我人生中最後兩隻吸血鬼。」

薩格打開第十一個櫃，拿出一個紫心動章。「這是我最後消滅的吸血鬼：艾倫．洛斯陸軍上校，是越戰英雄。如今他的骨灰已沉入密西根湖。我原想把這枚動章寄還他的親人，但他只有一個已改嫁的前妻。可憐的男人。

「這已是八年前的事了。在成功消滅洛斯的軀體之前我錯失過兩次機會，整整花了九個月，對付洛斯時還使用一枚從黑市買來的手榴彈，之後我知道自己再也沒有擔當吸血鬼獵人的精力了，要捕獵『鈎十字』也再無希望。於是我在這裡定居，埋首整理過去的經歷並研究吸血鬼的起源，直至現在。」

「你準備把所知的一切發表嗎？」拜諾恩問。

「還沒有決定。」

「爲什麼呢？爲什麼不把吸血鬼的存在公開？爲什麼不讓其他人知道？」

「孩子。」薩格微笑。「那是沒有益處的事。我要怎麼證明世上眞的有吸血鬼呢？除了生擒一隻以外別無他法；但這幾乎是不可能的。就是成功了又如何？我是沒辦法把它公開的。政府！政府會封鎖一切。你知道政府每次發明或發現一種事物，最先會用在哪一方面嗎？」

「軍事。」拜諾恩恍然。

「吸血鬼用在軍事上。」蘇托蘭搖搖頭。「那是難以想像的恐怖情景。」

「政府還有一個特點，就是永遠都過度自信。」薩格說。「他們以爲自己能夠駕馭上帝以外的一切——包括吸血鬼。你們也聽說了最近一宗新聞吧：一個由三國政府合作的頂尖研究中心在研發一種新病毒時，竟然讓一隻感染了病毒的實驗用兔子逃出了。幾個月後，這種病毒已經威脅全澳洲數以百萬計兔子的生命。就是這麼回事。

「即使把吸血鬼公諸於世又如何？看看外間世界價值觀如何混亂吧。世界上有無數人只不過看了電影和小說，便渴望自己也成爲吸血鬼。我在狩獵這十一隻吸血鬼期間，碰上過數以千計冒充吸血鬼的男女。一個德薩斯州男人向報章寫信說自己有五百歲，無數『吸血鬼迷』做出各種模仿吸血鬼的行徑。

「也不能責怪他們——大部分人都渴求永恆的生命。代價不過是自己的靈魂和一點血而已。」

拜諾恩瞥見蘇托蘭神父露出哀傷神色，看來神父也贊同薩格的看法。

「據我所知，世界上跟我一樣致力於狩獵吸血鬼的人最少有三十個。我們互相甚少聯繫，因爲獵人總是只相信自己的經驗與方法。但是我們存有一個共識：絕不藉助政府的力量行事。」

一條細小的黑影突然出現在大廳旁的一道側門。拜諾恩眼角瞥見那點異動，全身頓時進入警戒狀態，把背項微微弓起。

——大半個月的逃犯生涯令他神經異常緊張。

肩背肌肉繃得太緊了，拜諾恩那仍未完全康復的肋骨傳來一陣隱痛。

「不用怕。」薩格微笑。「這是我唯一的夥伴。」

拜諾恩看清了，是一隻毛色黑白相雜的大貓，身體看來有些笨重。

「她叫『芝娃』，最近剛懷孕了，所以脾氣不大好。」薩格拍拍手，雌貓芝娃立即跑到薩格跟前。薩格彎身輕輕把牠抱起來。芝娃發出不安的低嘶，目不轉睛地盯住拜諾恩的臉。

拜諾恩並沒有留意牠的舉動，再向薩格發問：「說了這麼久，究竟吸血鬼是一種什麼東西？要消滅他們有什麼方法？」

薩格卻彷彿沒有聽到拜諾恩的聲音，只專注於芝娃的異常舉止。

拜諾恩與蘇托蘭對視了一眼。

良久後薩格才開口，但視線仍不離「芝娃」的神情。「這些問題容後再答吧！我已說了很多話。神父，這次到底爲了什麼事情來找我？」

蘇托蘭無語，再次看了拜諾恩一眼。

薩格立時會意。「拜諾恩先生，請繼續在這兒參觀，我相信神父有點事情要跟我到書房談談，失陪了。」

薩格帶同神父步上階梯時，芝娃伏在主人的肩膊上，一雙綠色的貓眼依舊盯視拜諾恩，牠的低嘶中透出恐懼。

□

「你知道拜諾恩究竟是什麼嗎？」書房內蘇托蘭神父急切地問。「你是最有資格回答這問題的人。」

「我有一點頭緒……」薩格翻閱從架上取下的一本古書。「但是我們需要再作一次實驗才能確定。在晚餐中。」

薩格打開書桌的一個抽屜，取出一柄式樣古拙的匕首。

□

十多天以來，拜諾恩爲了爭取時間逃到加州，與神父只靠吃乾糧維生，連公路旁的速食店也不敢光顧。

現在面對薩格親手烹調的羊排，拜諾恩感到前所未有的饑餓。

「請不要客氣。」坐在餐桌首座的薩格舉起一杯紅酒。「拜諾恩先生，爲我們初次見面；神父，爲上帝的榮耀乾杯。」

拜諾恩恭敬地舉起水晶酒杯，大大喝下一口鮮紅的葡萄酒。

薩格與蘇托蘭目擊拜諾恩臉上的變化。

拜諾恩原本已比常人蒼白的臉變得更白皙，彷彿開始在發光。這絕不是喝酒後的反應。

接著拜諾恩發出一聲夢囈似的低吼。目光渙散，眼瞳似乎變成更淺的褐色。

伏在飯廳一旁的芝娃不安地弓起身體，不斷高叫。

薩格看見了：拜諾恩的手用力地抓在羊排上；烏黑的頭髮沒有風卻輕柔地自行聳動；眼袋變得深色，整張臉龐的輪廓都比一分鐘前深刻突顯了一倍。

拜諾恩的指甲刺進羊排中。

蘇托蘭神父在胸前劃十字。

芝娃整個身體都弓起來了，呈現準備戰鬥的姿態。

拜諾恩發出一聲高吭的嚎叫。

薩格拔出藏在衣服下的匕首。

拜諾恩被匕首鋒刃的反射光映入眼瞳，突然清醒恢復了原狀。他尷尬地揮去抓在手上的羊排。

「剛才究竟……發生了什麼事？」拜諾恩的聲音顯得疲倦而吃力。「我又看見了……那種光……在我身體裡……我感到很渴……」

「拜諾恩先生。」薩格收回匕首。「你是『達姆拜爾』（Dhampir）！」

「什麼？」發問的是蘇托蘭神父。

「根據吉卜賽人與斯拉夫民族信仰，男性吸血鬼——吉卜賽語爲『穆洛』——具有與女人做愛及使其懷孕的能力。他們所誕下的就是『達姆拜爾』。」

薩格指著拜諾恩：「你就是這種罕有的『達姆拜爾』——吸血鬼與人類的私生子。」

達姆拜爾檔案

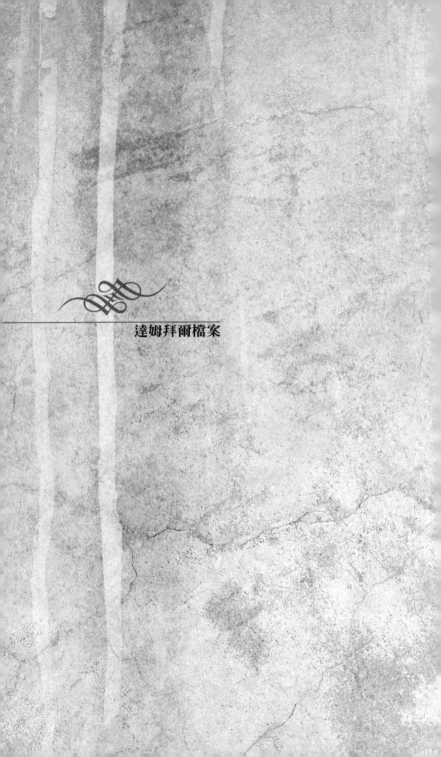

FBI檔案

編號：PWM486609-B993277-FCXG

姓名：尼古拉斯・拜諾恩

性別：男

血型：AB+

出生日期：一九六九年一月三十日

出生地點：奧地利維也納聖薩巴斯津精神病院

族裔：匈牙利人

髮色：黑

眼珠色：淺褐

體高：六呎（一八三公分）

體重：一六〇磅（七二・五公斤）

父親：不詳

母親：伊麗莎白・拜諾恩，職業爲天主教會修女。一九六八年六月十三日出現歇斯底里症狀，被斷定患上高度恐懼精神病。送入聖薩巴斯津精神病院後驗出已懷孕，懷疑遭強姦而導致精神崩潰，精神病類別未能予以確定。誕下尼古拉斯・拜諾恩後同日逝世，終年二十四歲。

養父母：一九七四年由美國籍夫婦凱文／碧達娜・吉布斯收養，未予更改舊姓，原因不詳。同年移居美國紐約市長島區。凱文・吉布斯（職業商人）一九七七年宣告破產，同年自殺逝世，終年四十二歲。碧達娜・吉布斯（職業護士）一九七七年帶著尼古拉斯移居紐約市布朗克斯區。一九八七年因肺癌逝世，終年四十八歲。

教育：一九七四年進入紐約市聖約翰私立學校，一九七七年轉讀布朗克斯區馬薩里斯公立學校，一九八五年肄業於同校中學部。（詳細成績見附表）

職業：一九八五年於布朗克斯區班氏雜貨店工作。一九八六年進入警察訓練學院，一九八七年擔任正式巡警，一九八八年晉升初級探員。一九九一年轉任特工處（遷居華盛頓哥倫比亞特區）。一九九三年脫離政府部門，成立「尼科私人保安公司」（遷居伊利諾州芝加哥）。

婚姻紀錄：無
精神病歷：無
嚴重受傷／疾病經歷：無
犯罪紀錄：無

彼得・薩吉塔里奧斯之日記

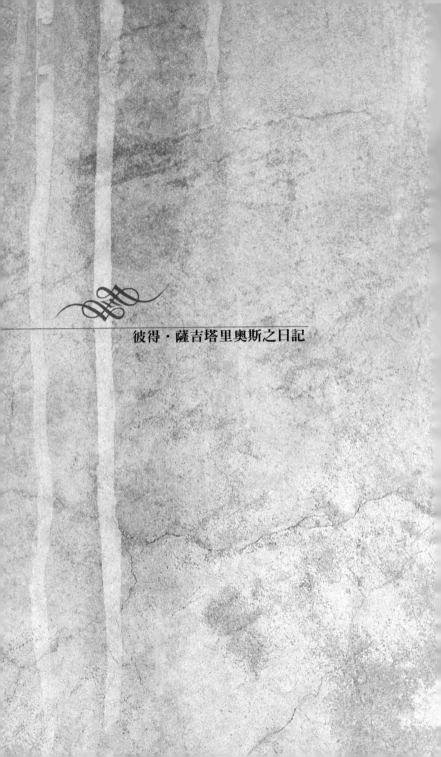

十月二十五日

仍然有點不敢相信：一個「達姆拜爾」就在眼前！想不到在有生之年能遇上一個。

第一眼看見拜諾恩這個年輕人時便有一種奇怪的感覺。跟接近吸血鬼時的感受並不相同。最初我以爲，那是遇過吸血鬼襲擊和成爲聯邦逃犯之下產生的驚慌恐懼；但芝娃比我更清楚辨別出他的特異氣質。我眞的老了。

許多年沒有這種難眠的興奮感了，十分熱切要仔細研究他。但我要小心，不能傷害到他的尊嚴。他是人，不是吸血鬼。這一點我必須緊記。

看得出蘇托蘭神父對拜諾恩產生了很強的警戒。神父的精神有點失衡，我相信是他面對吸血鬼時的無力感與自己絕對的信仰互相矛盾，令他的心開始困在一個像硬殼般的東西中，思維開始呈現極端化。我恐怕這將令他步入危險的境地。希望他不會到達自視爲殉教者的地步，被開除聖職對他的打擊實在不小。

翻查有關「達姆拜爾」的記載。「達姆拜爾」具有探知吸血鬼所在的超自然能力，古時是最好的吸血鬼獵人。

也許別人會覺得太巧合，可是我不這樣想。生而爲「達姆拜爾」，早晚要與吸血鬼相遇，那是他的宿命。而我這個退休的獵人給牽扯進去也只是很自然的事。

看來我可以好好訓練他！

不——這個年輕人有權決定自己的未來。

但是在昨天講解狩獵吸血鬼經歷時，我察覺拜諾恩的確露出十分熱切的眼神。多麼渴望有一個像他那樣的兒子，熱心地傾聽我那些塵封的故事……

聽過拜諾恩述說他的過去，大概可估計他的母親遭到吸血鬼的強暴而生下他。爲了更深入了解他，剛才在他同意下對他進行了催眠。

這是我歷來進行最困難的一次催眠。不單因爲許久沒有使用催眠術，也因爲自己的精力比以往衰退了，更重要的是，這個孩子擁有十分堅強的意志，要解除他情緒上的保護非常困難。但終於成功了。以下是錄音帶整理出來的記錄。

（B＝拜諾恩）

……

我：回憶你的童年，更早的時候……慢慢地、仔細地回憶……在維也納的時候。

B：我住在很大、很大的一座建築物裡……有很多小孩……有一個很大的花園……有很多人……

我：是孤兒院嗎？

B：是……不知道……是的，是碧達娜阿姨告訴我的……

我：很好！再繼續往前回憶。想起你到孤兒院前的事情吧！

B：想不起來……只看見很多人……有很多女人，穿著白色衣服，戴著白色的帽子……我看見紅色的東西，有許多直條……好像是個籠子，裡面有……一隻鳥……

我：非常好。再多回憶些吧！

B：……不行……沒有了，只看見燈光……

（註：這部分失敗了。以催眠術激發童年回憶畢竟是有限度的。）

……

我：昨天你喝下那杯紅酒之後看見了什麼？昨天晚餐時，你喝下的那一杯。

（註：是被我混入了鮮血的酒。）

B：我看見……進入一處黑暗的地方……頭暈很嚴重，像喝醉了……很暗……四周的東西在動，濕潤的東西在鼓動……是內臟！是我自己的內臟！我看見了心臟和肺的鼓動……沒有聲音。很溫暖……然後出現了光，像一道門在慢慢開啓。光漸漸大，我凝視著它，全身好像輕飄飄的……光裡面好像有東西……不，光漸漸變得細小，暗了下來，門關上了，消失了……

我：很好。你剛才說光裡面有東西，仔細想想那是什麼？是實物嗎？會不會動？

B：很光亮……我一直凝視……對，光裡出現一個小黑點……它漸漸在跑近我，還看不清楚，但它確實在向我的眼睛接近……漸漸變得大了……

我：很好，再努力想想，你看見的是什麼？爲什麼會奔跑？是人嗎？是誰？

B：我看見它……跑得很快、很兇……是了，很亮……（露出困惑表情）

我：很兇的嗎？是什麼？

B：是……一隻野獸……一隻我從來沒有見過，形狀很奇異的野獸……不，牠離開了。牠消失了……

十月二十五日

第一次聽聞「達姆拜爾」的存在。

吸血鬼的私生子！難怪拜諾恩能夠用肉眼看到夏倫的動作。究竟「達姆拜爾」還有什麼其他超乎人類的能力呢？假如借助拜諾恩的力量，狩獵吸血鬼將容易得多——不，我必須小心。那種邪惡、污穢的東西的血（是不是血呢？）正流動在拜諾恩體內。

拜諾恩喝過血後的樣貌和神情跟夏倫幾乎一樣。那蒼白的臉色、嗜血的狂野眼神、飢渴的嘴巴。我第一次在旅館房間看見時已感到不祥，求上帝幫助我！

拜諾恩是否有一天也變成吸血鬼呢？我要留意他的舉動，這對他來說可能會是冒犯，但我不能冒險。面對吸血鬼是沒有仁慈的，他們是撒旦的使者啊！

即使不是，他們也是被魔鬼利用的可憐人。對待他們最仁慈的方法，就是消滅他們的魔性，讓他們獲得眞正安息。我雖然不贊同薩格先生大部分的想法，但他有一句話說得對：不應該對吸血鬼心存仇恨。

雖然薩格先生與拜諾恩只是剛剛認識，我感覺到他們之間似乎漸漸產生某種無形的連繫。我甚至覺得他們像一對父子。薩格先生的魄力和智慧的確令我敬佩萬分，但他的思想存在十分危險的成分。我擔心他可能會爲了自己的好奇心和成就感，而把拜諾恩推入萬劫不復之地，我絕不能允許這種情形發生。

願榮耀歸於上帝！

N・拜諾恩之日記【Ⅲ】

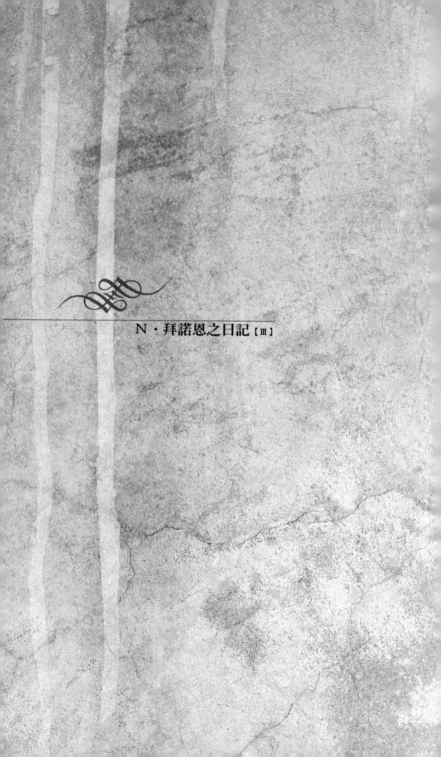

十月二十六日

小時候經常幻想自己的父親是個怎樣的人。是個把母親強暴的卑劣惡徒嗎？還是一個充滿魅力、足以令媽媽背棄對上帝承諾的男人？

八年前我特別請假回到維也納，結果一無所獲。修道院早被一場大火燒掉了，幾個年老的主持修女也已去世，其他的修女一個也找不到；精神病院中只有我的出生紀錄、母親的病歷及死亡紀錄。

想不到如今卻由一個剛相識了一天的老人告訴我：我的父親是吸血鬼！

「不想再看見你這冷冰冰的怪物……」慧娜沒有說錯，我是怪物，我的身體裡有吸血鬼的血統。

慧娜，多想念她！然而如今分隔我們的不止那二千多公里的距離。

昨天接受過催眠後，一直躲在客房裡。我需要一些時間調整自己的情緒。一出生便是孤兒，然後又遇上種種不幸（尤其是凱文叔叔、碧達娜阿姨相繼去世）的我，早就感覺自己與別人不同。但現在我面對的是另一種絕對的差異：我根本不是人類——

或者說只是半個人類？

我曾經幻想：這是不是個他媽的瘋狂的誤會？薩格和蘇托蘭會不會都是活在妄想症中的瘋子？但是我親眼看見夏倫。死了二十五年的夏倫！還有他擲出的磚塊，能夠用磚頭擊凹鋼板、透過防彈背心打裂我的肋骨的力量，絕對不是人類所有。

一切都是眞的！

下午薩格老先生到房裡來看我，他把那條銅鑄十字架項鍊送給我。我推辭了幾次，但他硬是把它戴上我的頸項。我知道這是他生命裡最重要的東西之一。

「爲什麼把它送給我？」我問。

「祝福你的平安。」

從他的話裡，我終於確實知道了：吸血鬼（也就是我的父親）究竟是什麼。

「吸血鬼就是『沒有死去的人』或是『活死人』（Undead）。頗爲矛盾的說法吧？用哲學性一點的語氣說，就是介乎生存與死亡之間的一種奇異生命。而且是基本上能夠永恆持續的生命。

「要維持這種生命，吸血鬼需要不斷地吸飲人血——雖然也曾有吸血鬼襲擊動物的記錄，但相信原因只爲了嗜殺或自衛。被吸血的受害者都是人類。

「人血如何維持吸血鬼的生命呢？那種機能過程我無法確知——我從沒有活捉過吸血鬼。太危險了。我只知道那跟人類的進食、消化和吸取養份的機能截然不同。因爲吸血鬼不需要呼吸，他們『死亡』時都被埋在泥土下。我更遇過爲了躲避人類耳目而匿藏在地底的吸血鬼。

「不過吸血鬼仍擁有極強的呼吸機能，肺部比常人強壯得多。這是爲了迅速吸啜受害者身體的血液。

「吸血鬼基本上仍是人類：身體內有血液循環——這就是何以貫穿心臟能殺死吸血鬼的原因；仍然有思想，仍然靠腦部指揮行動——所以斬首能斷絕吸血鬼的身體機能。

「吸血鬼擁有超乎常人的視力、聽覺和嗅覺，具有夜視能力——跟你一樣。他們的肌肉力量往往是人類的數十倍強，也憑著這種力量，能夠作出超乎人類肉眼所見的動作——當然，這只是指瞬間爆發力。而一隻吸血鬼年歲越久、吸血越多，以上的種種能力都會進一步提升。吸血鬼也能令肉體產生變化。例如所有吸血鬼都能長出尖利的獠牙，用以刺破受害者的血管；你所見的夏倫手腿能奇特地屈曲和像蜘蛛般爬壁；被我消滅的帕薩維奇頭上長出了三支尖角，而且手指有常人兩倍般長。

「也有傳說一些吸血鬼能長出翅膀。

「也許你也看過不少描述吸血鬼的小說或電影，但其實都是出於作家的想像，跟眞實的吸血鬼有許多不同。眞的吸血鬼日間也能夠活動，只是力量會減弱許多，所以吸血鬼都不喜歡太陽——你也有這種特性。

「吸血鬼並不一定要睡在棺材裡。不過這確是他們喜歡的東西。可能是喜歡那密封的黑暗空間，睡得比較甜吧。他們是否眞的需要睡眠呢？我懷疑可能是生前養成的習慣。

「吸血鬼擁有極強的精神力，雙眼直視人類時能產生催眠效用，令『獵物』不能動彈；他們也能把身體內的水份化成蒸氣，散發成體外四周的白霧以掩藏行蹤。這些你都經歷過了。

「吸血鬼可怕的地方除了體力外，他們也擁有極強的復元能力。割破的傷口能夠自動迅速癒合，更強的吸血鬼砍掉一隻手掌也能重新長出來。我想不到那是一種怎樣的機制。也許就像蘇托蘭神父所說，是『撒旦的魔力』吧。

「吸血鬼更強之處，是他們擁有長久的生命，所以能夠在歲月中不斷地吸取知識。有的吸血鬼非常狡猾，像我一直想捕獵的『鈎十字』，便經常不斷遷移，很成功地隱匿在人類的社會。恐怕他在幾百年間也積累了不少財富。

「但同時吸血鬼的思維也有弱點：他們嗜血的野性，許多時候會蓋過理性的判斷。吸血鬼的頭腦有一半是屬於野獸的，這也是我能夠擊敗吸血鬼的重要因素。」

我問他：狩獵、消滅吸血鬼有什麼方法？

「最直接容易的方式，就是找出他的巢穴，在日間他力量最衰弱的時候予以偷襲。但這絕不是易事：吸血鬼通常都準備了多個棲身場所，更聰明的吸血鬼會不斷遷移，因爲他知道在一處地區行凶太多便會引起注意。一些吸血鬼，正如我前面所說，會把自己埋在泥土下，或躲在極狹小的黑暗場所裡，例如山洞、石縫，甚至有的扮成流浪漢躲在暗無天日的城市陋巷或狹小的公寓，所以除非清楚掌握那吸血鬼的樣貌底細，否則要發掘他的老巢十分困難。

「就像狩獵野獸一樣：尋找獸穴困難，等待野獸出外覓食時捕獵則容易得多。但這也是較危險的方法。因爲那是指夜間——吸血鬼力量最強的時候。

「這時候吸血鬼那迅疾的動作就是最大的難題，如何限制他的活動正是首要的任務。陷阱是最理想的方法，用各種不同的陷阱困住他，便能發動攻擊，將之徹底消滅。

「消滅吸血鬼最直接、透徹的方式，正如前面所說，就是斬首和貫穿心臟，再將屍體燒成灰，這也是最古老的方法。

「槍械有其限制性：要把頭顆打掉需要極大口徑的子彈，要頗近距離才能準確命中，如果用來破壞心臟倒是不錯的武器。當然，如果我們擁有軍火庫的話，用榴彈甚至火箭炮把他轟成粉碎最好不過。但假如不用陷阱困住他們，或以其他方法減弱其能力的話，這種較低速的遠程武器他們能夠輕易避過。

「我一向都習慣使用較古老的方法：利刃、弓箭和火焰。這不只是因爲個人喜好，也由於是古老相傳的方法，比較有信心。除了最後一次在緊急關頭用了一枚手榴彈，我沒有用過槍械。我不知道除了用一根長形物體徹底插穿心臟，和用刀子完全砍去頭顱以外的方式，對吸血鬼有什麼效果。

「有一點要記住：雖然我花了幾十年來對付吸血鬼，但也只是捕獵了其中十一隻。世界上究竟有多少吸血鬼我無法確定，但我相信我所遇過的只是少數。換言之，我的吸血鬼知識只是比普通人多一點而已，其中還有許多問號。也許還有其他擁有前所未見能力的吸血鬼也說不定。甚至更存在其他類似吸血鬼的『活死人』，而強弱點與吸血鬼截然不同。人類對這個世界的所知實在太少。

「總而言之，狩獵吸血鬼是關乎生死的事。即使被最嚴密的陷阱困住的吸血鬼，他們行動受限也只維持幾十秒甚至幾秒鐘。吸血鬼獵人必須使用最有信心和把握的方法，因爲沒有第二次機會。」

薩格講解吸血鬼的特性時神情像會發光一般，這是男人專注於自己志業時所散發的氣魄，眞是個充滿魅力的老人。

我問他有沒有結過婚。

「一次也沒有。我的生命中有過許多女人，但除了短暫的激情之外，我不能給予她們最需要的東西——安全感。」他苦笑。

有沒有子女呢？他也回答沒有。

「如果你有一個兒子的話，會把他調練成吸血鬼獵人嗎？」我問。

他看著我許久才回答：「也許吧……現在想起來，把我所知的一切帶到墳墓裡是有點可惜的事……」

看見他孤獨的神情有點不忍，於是我請求跟他到樓下去喝一杯酒——這次當然是不加鮮血。

接著我問薩格：究竟我是什麼？正確地問，究竟「達姆拜爾」是什麼？更重要的是——我會不會也成爲吸血鬼？

「斯拉夫民族和吉卜賽人有不少關於『達姆拜爾』的記錄，其中除了確指『達姆拜爾』是吸血鬼和人類的私生子外，其他許多細節都並不一致。

「吸血鬼是如何把自己的特性遺傳給『達姆拜爾』的呢？這一點還是個謎。吸血鬼既是後天形成的，那說不定與遺傳因子無關，也許是以類似病毒的方式傳給下一代。但也有可能成爲吸血鬼後身體的基因產生後天突變，並將之遺傳給『達姆拜爾』。這個可能性比較大，因爲『達姆拜爾』仍有一半是人類。」

我察覺他一直說「達姆拜爾」而沒有直指我，他是個顧及別人感受的好人。

他繼續說：「從前天的實驗初步可推論：『達姆拜爾』飲用人血後會暴露吸血鬼的性質。我估計——只是估計——『達姆拜爾』飲用大量人血後，這些吸血鬼的特性會更強烈，甚至長期保留在『達姆拜爾』的身體裡。更進一步猜測，若飲血超過了一定界限，『達姆拜爾』有完全變成吸血鬼的危險。」

他的眼神像對我說，你要小心。

「怎樣才到達那界限呢？」我問。

「只有上帝才能回答。對了，『達姆拜爾』天生已經具有一些特長，例如夜視能力——你已親身體驗了。另外，各種記載中有一點是一致的：『達姆拜爾』擁有探知吸血鬼所在的異能，這個你目前仍未掌握。」

我問：那麼「達姆拜爾」是最理想的吸血鬼獵人嗎？

「可以這樣說。」

於是我告訴薩格，希望他訓練我成爲像他一樣高強的吸血鬼獵人。

我向他解釋，這並不是一時的衝動。

「孩子，你要仔細考慮。除了榮譽感以外，這不是能令人滿足的職業。當然，有的吸血鬼藏著不少財富，狩獵他們就像挖了個地下寶藏——反正只是屬於死人的東西。但是爭取財富有其他比較輕易又不必冒上生命危險的方法。

「吸血鬼獵人就像神父、僧侶一樣，必須放棄俗世許多事物和歡樂。不，比神父要差得多。吸血鬼獵人是不受尊敬、歡迎的異端者。

「我告訴你，在我多年的狩獵生涯中，遇上的最大困難往往來自人類。我爲了狩獵吸血鬼，曾經差點被愛爾蘭的農民圍毆死亡、被西西里黑手黨跟蹤監視，好幾次被警察拘捕——雖然都沒有遭到起訴。此外一生還要生活在警戒情緒中，防範吸血鬼來報復。現在你還想當吸血鬼獵人嗎？」

他雖然口中不斷在說負面的話，但我看得出他那期許的眼神。

他問我要當吸血鬼獵人的原因。

我告訴他：我想跟他一樣致力追尋吸血鬼的眞正來源；我想了解是什麼原因產生了我這個「達姆拜爾」。

「就是這樣？」他似乎已看出我的心思。

我坦白說：「我希望有一天能夠找到自己的父親——雖然我知道這是毫無意義的

事。另外還有更重要的一個原因：我希望尋求出是否有令吸血鬼恢復爲人類的方法，這樣或許也能令我變回正常人。」

我又說，反正我已經成爲聯邦逃犯，根本再沒有能夠失去的東西——除了生命。

他說：「我恐怕你所冒的危險不只是死亡。」

我明白他的意思。

「那麼你要狩獵的第一個對象是約翰・夏倫嗎？」他問。

我點頭。「他殺死了我三個同僚，感情雖然不算深，但總算是好幾年來互相託付生命的朋友。請原諒我的復仇心。」

「不必請求我的原諒——只要那種情緒不影響你的判斷。」薩格微笑著說。看來他已同意了。「在準備狩獵前，我想還有一些事情你要先搞清楚，庫爾登菸草公司爲什麼要捕捉夏倫？他們如何得知這隻吸血鬼的所在？」

對！我一直以來都沒有仔細想過這些問題，也許是被夏倫那恐怖的形象蓋過了思維，其後又得知了自己是「達姆拜爾」的事實……

爲什麼？我回到房間寫這篇日記時一直在想。我努力回憶在發生那件事之前有關庫爾登公司的消息。我記起了其中最異乎尋常的一點：該公司老闆查理斯．庫爾登似乎已有好一段時間沒有公開露面……

剛才薩格又叮囑我：「庫爾登菸草公司具有強大的財力和無遠弗屆的影響力，他們一定會再尋找夏倫。我們必須小心。記著，吸血鬼獵人的敵人也包括人類。」

要解開這個謎團，我知道必須聯絡一個人：我最後的僱主——克里夫．麥龍。庫爾登菸草副總裁……

十月二十七日

今天下午到市中心，在公共電話亭打了一通電話給麥龍。幸好他在辦公室。爲了過秘書那一關，我訛稱是《時代》雜誌的廣告部經理。私人企業通常並不防範惡作劇電話。

這次冒險到市中心是值得的，最少我知道了需要知道的事。

我並不擔心ＦＢＩ在旁竊聽。因爲我可以肯定庫爾登不願跟警察合作，如果他們把我「出賣」給FBI，只證明他們根本已不再理會我，也不擔心我會把吸血鬼的事告訴警方。實際上如果我被逮後說這樣的話，只會令自己成爲另一個著名的妄想殺人狂，下半生都離不開精神病院。

一如預料，麥龍知道我的身分後，聲音顯得非常緊張。我先穩住了他，告訴他我不是要勒索或什麼。

我直截了當地扯了最重要的一個大謊：「我知道那傢伙在哪兒，我可以替你抓到他。」

「你是指……」麥龍的聲音停止了震顫。

「我是說『那東西』。」

麥龍沉默了好一輪後，聲音帶點興奮：「好極了！把『它』找回來，我會給你滿意的報酬！一百萬，OK？還有，我們會向當局把你的事情擺平。這方面也許有點棘手……不要緊，你要到哪裡去都可以！由你決定。除了古巴和北韓以外，庫爾登的關係沒有到不了的地方。你就是要到南極也行！只要把『它』找回來！」

我打斷了他的說話，不能浪費時間。「一百萬這價錢我接受。但是我首先要知道，你們爲什麼需要『它』？」

麥龍在猶疑，這是試探他的機會。

「是爲了替查理斯老伯治病嗎？」

麥龍的呼吸變得重濁。Bingo!

他非常焦急地轉到其他話題：「要快些！有別的人也正在找『它』！」

「什麼別的人？」我問。「是最初在亞利桑那州時確定『它』所在的那些人嗎？」

「我不知道。無論如何你要快！要搶在那些人之前把『它』拿回來，否則你那一百萬恐怕要變成一百年——我是指監獄。」

約定下次聯絡時使用的化名後，我把話筒掛上。事實上我不會再打電話給他。

平安回到薩格家後，我們進行討論。蘇托蘭神父顯得十分激動。

「不能讓庫爾登得到夏倫！他想變成吸血鬼。一隻擁有庫爾登那種巨大財富和權力的吸血鬼！那將是一場災難！」

我同意神父的話，那是無法想像的恐怖。

薩格提出一個問題：麥龍指的「別的人」到底是誰？

我只能想到一個答案：另一個——甚至一隊——吸血鬼獵人！

「他們的目的是金錢。」蘇托蘭說。

「有把握活捉吸血鬼的獵人。」薩格在沉吟。

麥龍有一句話說得對：我們必須搶在那些人前頭找到夏倫！

五十萬．希特勒．快速球

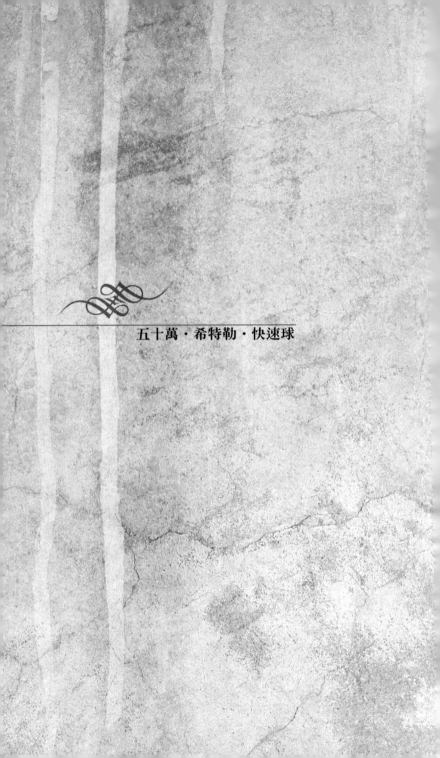

FBI特派員史葛・朗遜錄音

十月二十八日　加州　聖地牙哥

……剛收到了昆蒂科[註]方面的報告：歌詞上的字跡和簽名，都已確定屬於約翰・夏倫的眞跡。

廿五年前死了的夏倫，手書的筆跡竟然寫在一疊簇新的紙上！

專家研究過紙質，確定其生產年期絕不超過兩年。Holy shit！交到我手上的到底是一宗什麼案件？

死亡搖滾偶像的新筆跡、兩條乾屍、頸項被扭轉一百八十度的死者……這些若被小報知道了，肯定會說成是外星人所爲！

註：昆蒂科（Quantico），FBI訓練學院的所在地，裡面並設各科學鑑證及研究部門，包括專門分析連環殺人犯心理背景的「行爲科學組」（Behavioral Science）。

幸虧局裡有巴里・米勒那個瘋狂搖滾迷，否則夏倫筆跡這回事恐怕要他媽的一年半載才被發現。該死的，這事情越來越複雜了……（停機）

……那匈牙利小子究竟到了哪兒？那輛「本田」汽車到了加州後就消失了。最有可能來到這兒，但幾天下來毫無進展。拜諾恩有足夠時間越境逃入墨西哥。如果是眞的話，這案件可以收起歸檔了。

在這兒窮磨下去也不是辦法。兩天內再沒有進展的話，只有交給州警了。以後再抓拜諾恩只得碰運氣……（停機）

……六小時前達拉斯分部收到匿名電話。終於有點希望了。

電話內的男人非常聰明，只談了幾句。他叫我們留意庫爾登菸草公司內一個叫荷西・達金的男人，說他跟這案件有關。

荷西・達金是庫爾登菸草研究發展部行政經理，似乎專事財政工作。查了該部門基金最近的收支狀況，發現一筆達五十萬元的不尋常支款。收款户頭是一個叫法蘭克・山形的日本人。户頭自本月十三日收了這五十萬以來一直沒有動靜。已在密切監察中。

我最感興趣的是：是誰打那通告密電話呢？昆蒂科的人從錄音中確定，電話經過變聲處理。我從無線電話中聽了這段錄音。說話非常有禮，不緩不急，顯然不是低下層或黑幫的人。

是庫爾登內部的知情人士嗎？這個推斷最合理。

荷西・達金是哈佛大學商管碩士，一個黑人能在一家德州公司爬上這個位子十分難得。本月才取得升遷……這有一點可疑。無犯罪前科。從前曾於公關公司工作，接觸層面極廣泛，這方面很難著手。

那筆錢怎麼會跟漢密爾頓事件扯上關係？唯一的連結點只有庫爾登菸草。

查理斯・庫爾登那老頭在搞什麼呢？想起來他已經好一段時間沒有出現。傳說他病得快要死了。假如是眞的話，倒是個好消息。希望他死於肺癌。

無論如何，那筆錢跟那個户頭的主人，現在成了我絕望前的唯一線索……

十月二十八日　加州　洛杉磯

掛在牆壁上的黃色警示燈，隨著室內刺耳的重金屬搖滾節奏一明一滅。

伴隨黃光閃現的，是一幅直接繪畫在牆壁上的巨型希特勒肖像。蓄著鬍子的獨裁者身穿英挺的德意志軍服，眼神透露狂野的嗜血慾。

I hate this world（我痛恨這個世界）
And this world hates me !（而這個世界也痛恨我）
I killed a man（我殺了一個人）
And everbody want me killed !（而所有都想我被殺）
I raped a girl（我強姦了一個女孩）
And nobody loves me anymore...（而沒有人再愛我……）

年僅二十歲的歌手，在唱片中沙啞地吶喊一句句無意識的歌詞，竭力地遊說人們，世界對他而言是何等絕望。

小小的公寓裡堆著許多酒瓶，還有各種奇怪的東西：牆上掛著十多件性虐待用具；一個啤酒杯中裝滿了警章；一束凋謝成黑色的玫瑰插在一隻長皮靴中；一台私人電腦擱在地板一角，螢幕噴滿紅漆，鍵盤像老人的牙齒般缺去幾塊……

室內唯一的沙發放在希特勒肖像之下，上面坐著一個高瘦的男人：金色長髮遮掩了臉龐，袒露的上身如雪皎白，右手拴著一柄傳統西洋軍刀。

男人發出嘶啞的聲音：「換換音樂，穆奈。」

屋角一名矮小的駝子應聲站起來。「是的，主人。」他更換了唱機上的CD。揚聲器奏出雄壯的納粹軍歌。

「我可憐的約翰……」男人撫摸伏在他膝上的夏倫的頭髮。「我多麼想念你。你終於也回來了……」

夏倫抬起埋在男人膝上的頭臉，他的眼神中充滿敬畏。

「為什麼要離開呢，約翰？」男人撫摸夏倫的鬈髮。

「我……只想能夠集中精神，多寫幾首好的曲子……」夏倫的聲音顯露怯懦。

「這是錯誤的啊，約翰……能夠給你最佳靈感的人只有一個——我。」

「我知道……主人，我錯了……」

男人輕撫夏倫蒼白的臉頰。

「我很高興你能平安回來……讓我再看清你的臉。這段日子我是多麼想念這張美麗的臉……答應我，不要再離開好嗎！」

男人俯首，親吻夏倫的嘴唇。

「你的嘴唇很冷。」男人把臉移開，以尖長的指甲輕刮夏倫的下唇。「你很久沒有吃飽了吧？待會叫穆奈找幾個女人回來……不要街上那些流鶯，找幾個新鮮的處女，好嗎？」

「主人……」夏倫目中閃出憤怒的星火。「在喝光一個人的血之前，我的饑餓感是不會消失的。」

男人撥開夏倫左邊的鬢髮。夏倫的左耳早已重生，但新舊肌肉間交接處仍有隱約的印痕。

「是那個傷了你的男人嗎……報紙上說，他的名字是……尼古拉斯·拜諾恩。很美的名字啊……」

「我・要・他！」夏倫發出野獸似的嘶吼。

「約翰，你知道自己爲什麼會受傷嗎？」男人從褲袋中掏出一件東西。「是這個。」

夏倫看見男人握住的銀十字架，身體迅疾地縮成一團退到了牆角，發出顫震的嚎叫。

「不，主人！請拿走它！求你！」

「不，約翰，你要學會克服這種恐懼。那只是你小時候受的那些無聊的基督教教育所遺留的恐懼。你在歌唱生涯中一次又一次地表現出反體制、反基督，都只是你面對這種恐懼而作出的反射，現在你要學習眞正克服它。」

男人伸出腥紅舌頭，舐舐手上的銀十字架。

「不要害怕耶穌。他跟我們一樣都是從死亡中復活，並且獲得了永恆的生命。假如他是神，我們也是神。」

男人搖首，揮開遮住臉前的長髮，暴露位於眉心的一個納粹「鈎十字」刺青。

十月二十九日 加州 洛杉磯

光頭男人把一個黑色小皮箱捧進浴室內，然後緊緊鎖起門。

他在盥洗盆旁打開皮箱，掏出一只酒精燈與打火機。

燈內裝著紫色的酒精，燈口上方架著一個細小的鋁盆。光頭男人把酒精燈架設穩當後，以打火機點燃燈芯，再用水杯接上水龍頭的清水，注入燈上的鋁盆。

在等待清水加熱時，光頭男人又從小皮箱拿出一隻精巧的迷你電子秤，跟一個外表十分古舊的長形木盒。

光頭男人從西服內袋掏出剛才在街上高價買來的兩小包白色粉末。他拆除了塑膠包上的鐵絲封口，以電子秤仔細地逐一稱量白粉末的份量：

古柯鹼：五公克

海洛因：六公克

兩者都達到人類最高致死量的十倍。

具興奮作用的古柯鹼跟具抑制作用的海洛因混合，成爲一種通稱爲「快速球」的新興毒品。「快速球」在服用幾秒內會迅速交叉產生心臟急激跳動和即將停止的效用，能輕易引致心臟完全停頓而死亡，是極具危險性的混合麻藥。

光頭男人把兩種毒品份量都準確計量好後，把酒精燈的火焰吹熄，然後把兩種白色粉末以一根細針撥進鋁盆內。

蒸氣令鏡子一片模糊。古柯鹼和海洛因迅速融化在熱水中。光頭男人用針耐心地攪拌。

他接著打開那長形木盒上的銅製鎖扣。

裡面藏著一支大號注射針。末端的長鋼針管比一般醫藥用注射針粗長得多，似乎是用於貫穿某種硬物。

光頭男人取下針頭上的厚膠套，以針筒吸取鋁盆內的「快速球」混合液。不一會，注射針已注滿那濁白色的溫暖液體。

光頭男人把膠套套回針頭上，小心地把注射針放回長型木盒。木盒內部有柔軟的厚絨墊，保護注射針不致破損。

光頭男人關緊木盒的銅鎖扣，然後把木盒收進西裝內袋中。

護身符・武士刀・雷鳥

十月三十日　聖地牙哥

拜諾恩的吸血鬼獵人訓練進入第四天。蘇托蘭神父終於露出不耐煩的表情。

「別再在這屋子裡浪費時間了。」神父對薩格說。「盡快開始追捕夏倫吧。我們必須搶在庫爾登之前消滅它。」

「別太心急。」薩格一邊清潔他那挺久已不用的雙管獵槍，一邊心平氣和地說。「我們的實力還不足夠。別忘記我已八年沒有狩獵了，如今精神和肉體上都比從前衰退了許多。我需要訓練尼古拉斯來協助我。」

「我呢？」神父激動地說。「上次已經證明，夏倫懼怕我的十字架和聖水，只要我壓制它的力量，再加上你的經驗，也許——」

薩格揮手止住他。「神父，狩獵吸血鬼往往只有兩種結果：勝利或死亡。我們不能冒險把一切押在一個『也許』之上。請耐心一點吧。尼古拉斯是個好學生，他本身已具備了許多獵人的條件：強健的體魄、對搏擊和槍械的知識、警察的耐性、保安專家的謹慎和洞察入微。

「我要教導他的事很少：只有幾種主要狩獵陷阱的架設和使用方法，還有更重要的，是對吸血鬼的感應。只要他掌握了這一點，夏倫逃不了。」

薩格把抹得光亮的獵槍掛回牆壁上，與神父離開書房步下階梯，走到屋子的地牢。

地牢大部分被改裝成一座練靶場。拜諾恩面對一具厚厚的人形紙靶，站在射擊位置，跟前的桌子整齊排列著幾種手槍、一具十字弩和一副護耳罩。

拜諾恩穿上了薩格替他買回來的牛仔褲和紅格子襯衫，戴著透明淺黃色的射擊用護眼罩。人形紙靶只在他眼前五公尺外。

他手上握著的並非手槍，而是一柄發出閃光的長形物體。

拜諾恩腰腿抖動，右手臂和手腕迅速劃出優美柔軟的彎弧。一種輕細的破風聲在密閉的地牢內迴響。

一記硬物擦擊聲。一柄柳葉狀的閃亮飛刀深深插進人形紙靶的鼻子位置。

「如果要練習的話，最好瞄準心臟。」薩格微微笑著走過來。「不過看來你已經夠準了。」

「這是我小時候便迷上的玩意兒。」拜諾恩拉動滑輪繩子，把人形靶拉近，拔出靶上的飛刀。「我在工作時習慣把它插在靴筒裡。算是我的護身符吧。它對狩獵吸血鬼有用嗎？」

「別期望太高。」薩格說。「飛刀的速度還遠低於弩箭，吸血鬼即使跌入了陷阱也能避得過，而且飛刀很難深入心臟。除非你也擁有吸血鬼的臂力。」

「對的。我並沒有準備要這麼靠近夏倫。」拜諾恩把飛刀收回皮靴內。「還是留作護身符吧。」

神父在一旁察覺到，這個匈牙利裔年輕人自從遇上薩格老先生後，心理上起了很重大的變化。拜諾恩心靈中某一些像冰塊的東西開始融解了。

「繼續我們的訓練吧！」薩格說。「陷阱方面的知識你已大致完全掌握了。現在要集中於感應、探知吸血鬼的能力。」

他帶著拜諾恩離開地牢時說：「首先脫下這個十字架。」

拜諾恩有點疑惑，但仍然遵從薩格的吩咐。

薩格把那條原本屬於吸血鬼帕薩維奇的十字架項鍊放入口袋。

在大廳坐下後，薩格面對拜諾恩，以半催眠式的語氣說：「你注意感受一下，你現在的感覺與剛才戴上十字架時有什麼不同？有沒有突然失去了一些什麼的感覺？」

拜諾恩閉上眼睛，依從薩格的指示，全神貫注地「檢查」自己身體感覺的變化。

對，的確像是突然失去了什麼……那是什麼？好像是一種……

「好像是一種氣味……」拜諾恩夢囈般說。

「那是怎樣的氣味？能辨別它嗎？能夠嗅到它現在正從哪兒傳來嗎？除了在我的口袋以外，還有什麼地方有這種氣味？」薩格不斷提出指示。

半清醒的拜諾恩皺著眉。

——不錯。這大廳還有其他地方傳出那種氣味。只要再用心一點辨別和記憶……那不單是氣味，彷彿還帶著一股氣壓般的微細力量，足以刺激鼻腔內敏感的神經……

拜諾恩仍然閉目，身體卻開始夢遊般站立起來，緩緩踏出小小的一步。

拜諾恩以極緩慢的速度在廳內遊走，有的時候皺著眉輕輕搖頭，然後修正前進的方向。漸漸這種修正越來越少了，他也走得越來越快。

最後他停留在一具玻璃櫃前。裡面掛著洛斯上校的紫心勳章。

「氣味從這裡傳出來。」拜諾恩睜開眼睛。

「很好。你已初步掌握了感應吸血鬼的能力。」薩格把十字架還給拜諾恩。「你要牢記著剛才的感覺，在心中不斷重複強化記憶。」

「爲什麼是洛斯呢？」拜諾恩凝視那枚紫心勳章。

「洛斯上校是我最後消滅的吸血鬼，所以其遺物上的氣息最濃烈。」薩格說。「剛才我用『淺度催眠』的方式協助你集中精神，效果非常成功。這令我想起一個方法，或許能使你探知吸血鬼的能力在短時間內加強……不，應該說是加速喚醒你那種天生的能力。」

「要怎樣做？」拜諾恩顯得十分興奮。

「這需要神父的協助。」

□

「我反對這方法。」蘇托蘭神父斷然拒絕。「太危險了。拜諾恩可能陷入我們無法預料的狀況，一旦失去控制……我們可能會被逼得要消滅他！」

「神父，請相信我的經驗。」薩格顯得極有信心。「雖然這是我首次接觸『達姆拜爾』，但經過這幾天的經驗，我深信尼古拉斯不致於那麼容易越過那個『界限』。如果這次試驗成功了，我們將可輕易抓到夏倫，而不讓庫爾登得到他。」

薩格說到最後一點時語氣特別重。他知道要說服神父，最佳的支持就是這一句。

蘇托蘭沉默了一會。「拜諾恩你自己決定吧。但有一點要聲明：假如你變成了吸血鬼，我會毫不猶疑地用木樁貫穿你的心臟。」

拜諾恩看著神父，又瞧瞧薩格。「好吧！那很公平。我相信薩格先生，讓我們開始吧。」

□

再次接受「深度催眠」的拜諾恩坐在沙發上，身體無意識地輕輕搖晃，他的思緒已經被薩格掌握了。

「可以開始了。」薩格點點頭。

「用我的血吧！」蘇托蘭神父迅速撿起桌子上的匕首。「你要集中精神。我們大概只有幾十秒時間。」

神父揮刀在左臂內側劃開一道短短的破口，以水晶酒杯接住鮮紅的血液。

神父把半滿的酒杯放在桌上，然後連忙以藥用棉和紗布止血。

薩格拿起半杯仍然溫熱的鮮血，遞給拜諾恩。

「喝吧……這是世界上最甜美的酒……你現在很渴，一口氣飲盡它吧……」

拜諾恩接過杯子，把鮮血一飲而盡。

那恐怖的狀態再次顯現在拜諾恩臉上。神父雖然已是第三次看見，但在面對拜諾恩那蒼白的鬼臉時仍深感震慄。

拜諾恩發出低沉的嚎叫，有如一頭半睡半醒的野獸。

「擴展你身體和心靈的感覺……集中心神，把感覺不斷向外延伸……」薩格努力地發出指示——他也不敢肯定，在這種狀態下的拜諾恩是否仍會接受催眠指示。

「專心地感覺，很好……現在開始回憶。回憶夏倫，約翰・夏倫……回想你在黑暗的屋子內看見他。回憶他給你的感覺！牢記它，很好。現在用你那種已延伸至遠方的觸感，尋找夏倫的所在。夏倫……」

拜諾恩發出恐懼的吼叫。蘇托蘭神父緊握匕首，準備隨時攻擊。

「不用怕……」薩格語氣極平靜。「夏倫不在這裡，他傷害不了你。但是你要找到他，利用你的感覺……」

薩格和蘇托蘭都感到異常緊張。尤其是薩格，他許久以前就從古書上讀過關於「達姆拜爾」的種種民間傳說，那些記載中的異能是眞是假，馬上就可以親眼證實了……

「不遠處……他在不遠處……」拜諾恩開始說話。聲音異常粗啞，「不遠……在……北……在北方！」

同時　洛杉磯

夏倫仰首發出尖銳的嘶叫。他抓起壓在身體下的裸體少女，猛力摔在牆上。

一記刺耳的脊骨折斷聲，少女毫無反應，屍體軟軟地沿著牆壁滑下。壁上的希特勒肖像微裂，一片血污抹在納粹元首的喉頸處。

「約翰，發生了什麼事？」剛喝飽了鮮血在假寐的「鈎十字」從床上掙扎起來，衝到夏倫跟前。

夏倫雙手抱著頭。「剛才……有些東西輕輕刺到我的頭顱裡……」

「很痛嗎？」「鈎十字」憐惜地撫摸著夏倫的頭髮。

「不……主人，不痛。但是我感覺到那是『他』——那個叫尼古拉斯的男人！我感覺到。他就在不遠處……在南方！」

「南方？……」「鈎十字」沉吟。

「很近……很近……」夏倫在努力搜索剛才的記憶。「是他……」

「鈎十字」扶起夏倫的身體。「來，現在我們就去找他！約翰，你喜歡坐什麼車子去？『雷鳥』還是『哈里・大衛遜』？不如弄一輛貨櫃車……」

三小時二十分鐘後　同地

「駝子」穆奈很快樂。

他已很久沒有這樣快樂過。自從主人得到英俊的約翰・夏倫以後，便把他這個忠心的僕人冷落了。主人許多年來再沒有「眷顧」過他一次。

夏倫出走那段日子，主人變得非常暴戾，時常毒打他——幸好他們這種「族類」不受傷，也沒有痛覺。但是被凌虐賤視的感覺總不好受。

夏倫回來了。主人的情緒也復原了。雖然現在夏倫把主人暫時帶走，卻把三隻獵物留下給穆奈享受。

穆奈掃視被鐵鍊鎖腕吊在牆上的三名裸體少女，心中打不定主意要先吃掉哪一個。

三名裸女身體白得呈現微灰。她們的血液已幾乎被吸得精光，意識徘徊在生存與死亡的邊界線上。

穆奈爬到中間的一個跟前——她身上的瘀傷最少。穆奈把舌頭伸向少女的私處，繼而向上滑動，經過肚臍和兩乳之間，滑上喉嚨和下巴，到達鼻尖——穆奈狠勁咬動，以牙齒把少女的鼻子撕下。

臉上只餘兩個血洞的少女只能發出無力的呻吟。

穆奈吐去那塊鼻肉，正欲伸嘴向那兩個血洞吸啜——

忽然他聽到一些奇怪的聲音，嗅到一股陌生的氣味。

穆奈飛快抓起掛在壁上的一把斧頭，關掉黃色的警示燈，伏在窗外燈光照不見的暗角。

很靜，只有少女虛弱的吟叫。

穆奈望向窗——

玻璃碎破，木條斷裂。一條黑影躍入——

穆奈以超越人類體能的速度揮斧，砍斬在人影肩背處！

——一記低沉的撞擊聲。衣衫被斧刃割破，肉體卻絲毫無損。

從割開的衣衫裂口中，穆奈看見那個躍進的光頭男人背項上，紋有他看不懂的一串漢字。

照見五蘊皆空度一切苦厄。

光頭男人轉過身體，穆奈終於看見那對細小的眼睛。

「太好了！」穆奈心想。光頭男人正好與他四目對視，穆奈乘機發揮吸血鬼特異的瞬間催眠能力。

不知為何，穆奈卻發覺自己的力量被光頭男人的眼神反彈過去，完全無法鑽進那男人意識的深處。

然後穆奈發現自己的身體有點遲緩了，手指開始不聽使喚，斧頭掉落。

穆奈下一刻才發覺，有古怪的原來不是光頭男人的眼神，而是他口中不斷唸誦的聲音：

唵嘛呢叭咪吽

穆奈的眼神失去焦點。

男人揮臂擲出一件兩頭像矛尖、半呎長的古怪法器，深深插進穆奈的心臟！

穆奈惶恐地向後仰倒，卻只有駝背觸地，軟弱乏力的短小四肢在空中揮動，有如一隻身子翻轉而在不斷掙扎的烏龜。

光頭男人緩緩拔出斜揹在後一柄長長的日本武士刀，冷酷地向穆奈說：「夏倫到了哪兒？」

穆奈喘著氣、雙手卻搆不到自己的心窩：「拔……出來……快點……拔出來……我不想死……」

「告訴我夏倫在哪裡，便替你拔出來。」

「……聽說要去南方……坐車……快點拔……」

光頭男人雙手握住武士刀柄。「在你返回六道輪迴之前記著我的法號：空月。」

弧形的刀刃一閃而過，斬去穆奈碩大的頭顱。

已變成接近烏黑色的血液自斷頭處流遍地板。

光頭男人「空月」掃視一遍這座陰暗的公寓。

「還留著夏倫的氣息。應該走了沒多久……」

他步向吊在牆壁上的三名裸女。

「太可憐了……待貧僧完成一切後再超度妳們的亡魂吧。」空月以日本語說。

銀色的刀刃再次揮動。

史葛・朗遜之錄音

同日　聖地牙哥

……剛收到的消息：法蘭克・山形從那戶口領取了五千元現金，地點是洛杉磯日落大道。

我決定立即到洛杉磯，艾西則留在這裡守候拜諾恩的消息。

備忘：到當地銀行拿保安錄影帶觀看，確定山形的樣貌。

汽車剛壞掉了。來不及申請租車。有一班夜車剛好配合時間。

有點莫名其妙的緊張，現在一點點線索對我來說都他媽的珍貴。

同時　洛杉磯——聖地牙哥公路　聖安娜市附近

一輛火紅的敞篷「雷鳥」載著兩個長髮男人，引擎帶著怒吼般的聲音發動，駛出公路旁的加油站。

「雷鳥」的立體聲收音機播出充滿流浪風塵味道的藍調怨曲：

A mam must learn（一個男人必須學習）
The way of being lonely（孤獨之道）
To seek the stardust（尋找星塵）
To cross the furious sea（越過洶湧之海）
To love the desert（愛上沙漠）
To feel the joy of liberty（感受自由的快樂……）

加油站裡，一名服務員被吸乾了血液的屍體，倒臥在收銀櫃台的後面。

交通網

十月三十日　聖地牙哥至洛杉磯夜行列車

薩格感覺興奮極了，八年來首次再度狩獵吸血鬼，而且是以前所未有的方法。一方面他非常渴望，再進一步測試拜諾恩這個「達姆拜爾」在追捕吸血鬼上的天份；另一方面他也暗自警戒，不要讓好奇心蒙蔽了對危險性的判斷。

他彎身把放在座位下的寵物籠子提起，朝籠內的芝娃說：「對不起，在妳懷孕時還帶妳出來。可是我們現在眞的需要妳啊！耐心一些。」

芝娃圓鼓鼓的肚子，隨著列車行駛而輕微晃動，牠發出略帶緊張的叫聲。

薩格把籠子安放回座位下。

「放在行李袋裡的武器會不會給發現？」坐在他身旁的蘇托蘭神父問。

「不用怕。」薩格微笑。「這只是短程列車。」

「爲什麼不開車？」神父問。

「尼古拉斯還被通緝中，開車走公路反而容易被發現。」薩格轉而瞧向對面的拜諾恩。

的票。

拜諾恩閉起眼睛，安坐在廂座中。薩格爲了避免其他乘客的騷擾，特別買了包廂的票。

拜諾恩全神貫注於那股他剛掌握的感應力。這是薩格也意想不到的收穫：拜諾恩在接受催眠後喝血所激發起來的強大感應力，竟在清醒後仍能維持。

「怎麼樣？」蘇托蘭問。「夏倫仍在北方嗎？」

拜諾恩點點頭。「比早前的感覺更強烈。」

「看來尼古拉斯的感應力掌握得越來越好了。」薩格說。

「也可能……夏倫正南下而來！」神父臉色凝重。

薩格怔住。沒錯，這一點他可沒想到：越接近感覺便越強烈。難道拜諾恩所「伸展」出的力量，同時也被夏倫感應到嗎？說不定在我方進行狩獵的同時，對方也正對拜諾恩展開追捕。

「假如是這樣，我們要加倍小心……夏倫也可能在採取主動。」薩格撫摸他左臉上的長疤——這是他多年來狩獵前的習慣。

「神父說得對……」拜諾恩皺眉。「夏倫似乎眞的在接近中！不過還有一段距離……我很渴。每次喝了血後都是這樣……」

「我替你買飲料吧！可樂行嗎？」神父站起身。

「謝謝。」拜諾恩點點頭。

神父拉開廂室門離開。

「怎麼樣？」薩格一邊把門推上一邊問。「眞的……越來越接近嗎？」

「似乎是……不，我肯定。」

座位下的籠子傳出芝娃不安的叫聲。

「芝娃，有什麼事？」薩格疑惑地低下頭。按理芝娃沒有強得能感應夏倫所在的力量……

門拉開來，出現門前的並非蘇托蘭神父。

薩格看見一個滿臉鬍鬚的中年男人，以一柄「貝雷塔92F」手槍對著拜諾恩。

拜諾恩睜開眼睛，看見了史葛·朗遜那血絲密佈的雙目。

「似乎一切都結束了，拜諾恩先生。」朗遜雙目焦點不離拜諾恩，九釐米直徑的槍口直指他臉部。「還有這位……你就是那神父嗎？汽車旅店的老闆似乎形容得不大準確……還是閣下把頭髮鬍鬚都染白了？那道疤痕倒是弄得很像。」

朗遜右手穩定握住手槍，左手從西服口袋掏出了警章。

「ＦＢＩ特勤員朗遜，我現在就亞利桑那州漢密爾頓一宗多重凶殺案拘捕兩位。要我宣讀你們的權利嗎？」他朝拜諾恩微笑。

「不用了，我想我跟你一般清楚。」拜諾恩說。「你是怎麼找到我的？」

「原則上我不必回答你。」朗遜說。「不過我可以告訴你：很慚愧，只是湊巧坐上了這班列車。」

「ＦＢＩ特勤員不是兩人一組的嗎？」拜諾恩仍維持微笑。

「我不必告訴你車上有多少……」

「可是你現在一人行事。」

「我一個便足夠。」朗遜心忖：拜諾恩確是個難纏的角色。

「你願意先聽我們的解釋嗎？」薩格說。

「這回到警局再說……」

「你能解釋現場那兩具乾屍嗎？」薩格的喝問充滿威嚴。「還有其他人的慘狀！

那不是人類所爲。讓我告訴你——」

「神父。」朗遜平靜地說。「別再那樣激動，不要逼我動用武力。」

這時蘇托蘭神父握住一罐可樂，出現在走道上。

朗遜充分表現出其專業能力：握槍的右臂仍紋絲不動，左手把警章亮了給站在他右側的蘇托蘭看。

「ＦＢＩ！」朗遜簡短地說。「我在這裡拘捕了兩名聯邦通緝犯。這位先生，請代我告訴車長，以列車的通信設備告知下一站的站長報警。警方最少要派二十人來。」

蘇托蘭點點頭：「好的。」

他同時擲出手上的可樂罐。

沉重的鋁罐擊中朗遜右額同時，坐在廂上的拜諾恩仰伏身體，右腿迅疾地蹴出，踢中朗遜握槍的右腕！

造型優美的「貝雷塔92F」手槍，剛好從打開了三分一的車窗飛出車廂外，消失在黑夜之中。

走道上的蘇托蘭神父猛力推按，把朗遜擠進了狹小的廂室，順道把門關上。

拜諾恩與薩格都已站起來，與蘇托蘭三人團團包圍著朗遜。

「特勤員先生，請不要亂動。」拜諾恩瞧著正痛撫額頭的朗遜。「我們並沒有惡意，但有一件重要事情現在非辦不可。我現在只能告訴你一點：我絕對沒有殺死任何人。」

「我也不相信是你幹的。」朗遜苦笑。「但你能告訴我凶手是誰嗎？不要說是約翰．夏倫……」

「他知道了！」神父神色緊張。

「他們查出了那些歌曲手稿的來源。」薩格冷靜地說。

「凶手到底是誰？不要跟我打啞謎了！」朗遜切齒說。「還有，你們現在要去哪裡？殺人滅口嗎？那個法蘭克．山形跟你們有什麼關係？」

「你搞錯了。」拜諾恩冷笑。「現在你沒有任何權力盤問我們。即使我說出了眞相，你也不會相信。至於那個什麼法蘭克，我們根本——」

拜諾恩雙手突然抱著頭。

座位下的芝娃再次嗚叫。

「很接近……很接近了！」拜諾恩閉起眼睛。

「我們現在要怎麼辦？」神父焦急地問。

「到了下一站，你們鐵定逃不掉。」朗遜甚有自信地說。

「我們不會到下一站。」薩格轉身，雙臂伸向車頂的行李架，把兩個長型的皮革旅行袋拉下來。

「前面有一個大彎，到時車速會慢下來。」薩格把其中一個皮袋塞到拜諾恩懷中。

「到時我們便離開這列車。」

「要怎麼離開？」神父不解地問。

「用最簡單的方法。」薩格打開手上的皮袋，把裝著芝娃的籠子塞進去。

同時　洛杉磯往聖地牙哥公路　拉古納希爾斯附近

「停車！」夏倫呼叫。

「鈎十字」把「雷鳥」急煞住。四個輪胎冒出少許白煙與輕微的燒焦味。

柏油路上一片黑暗。「鈎十字」把車頭燈關掉——擁有夜視能力的吸血鬼原本就不需要它們，開燈只是爲了避免無謂的麻煩。

公路兩旁沒有半戶人家，全是看不見盡頭的荒原——右邊距離海岸有十多哩遠，在這兒嗅不到半點海洋的氣息。

「是他的氣味。」夏倫說。「我嗅到一點點了……是他沒錯。」

「鈎十字」閉起眼，心神貫注於鼻前。

「我也嗅到一點點……一種熟悉的氣味，已經是八、九年前的記憶了……我記起來了，在挪威時便接觸過這種氣味……這個人……好不容易才擺脫了他……」

「鈎十字」打開車門。「我們下車吧。『盛宴』快要開始了。」

同時　洛杉磯往聖地牙哥夜行列車

沒有人發現那條黑影：一個光頭男人揹著一具長形袋子，趁著列車拐彎減速時，從車廂連接處躍向夜空。

血腥殺陣 A

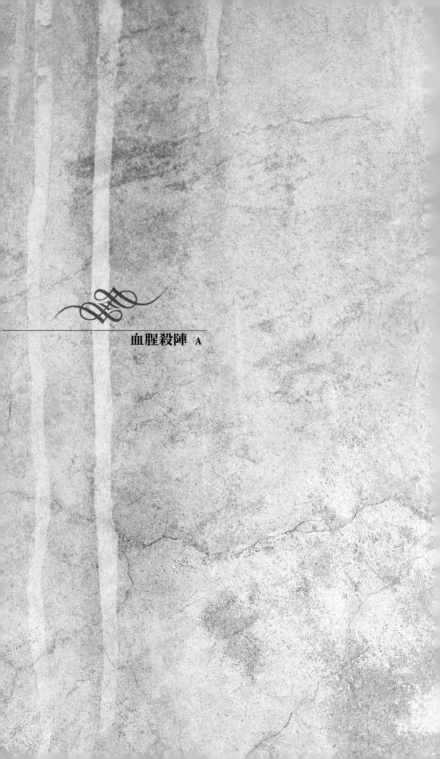

十月三十一日凌晨

拜諾恩獨自坐在這間小木屋的屋頂上，仰視晴朗的夜空。

密佈星群的天幕帶著一股壓倒性的力量感，籠罩著拜諾恩頭頂上。

孤寂感無聲地侵佔他的心靈，生出了許多的幻想。

他想像自己站在烈日之下的無際沙漠中央。乾渴極了——那感覺就像每一次喝下鮮血後一樣；極目望向遠方一座沙丘，一條長衣飄飄的身影漸漸飄近……那是慧娜沒錯。

沙漠變成了海洋。慧娜的身體好像緩緩下沉。他拚命想游過去，浪潮卻把他的身體沖得更遠……海洋咧開了一張血紅色的嘴巴，波紋逐漸變成一張臉……是夏倫那神秘、俊美、恐怖的臉。

那張巨大的嘴巴開始唱歌。沒有任何具意義的歌詞，只是一連串如泣如訴的夢囈和吶喊，是介乎生存與死亡之間的聲音。

在面對夏倫的死亡威脅之時，拜諾恩才了解自己多深愛慧娜。

息。

拜諾恩從幻想的次元返回了現實中這個屋頂上，喚醒他的是夏倫逐漸迫近的氣

拜諾恩的心靈從未如此清澄平靜。他似乎已「看見」夏倫的所在。那是無法形容的感覺……就像突然長出了第三隻眼睛，看得見夏倫那瘦長的身影——

恐怖感從脊髓冒起——有如痛感的一股脈衝。拜諾恩放任本能主宰自己的身體，迅速如條件反射般，他翻身閃向屋頂一角——

約翰．夏倫撲到拜諾恩剛才所在的位置上，尖長的十指貫透了鋅皮屋頂！

——終於來了！

拜諾恩絲毫不差地按照薩格的指示完成一連串動作：趁著夏倫十指仍卡在鋅皮中的一瞬空檔，他抓起屋頂角落一根粗尼龍繩，然後縱身躍下！

拜諾恩以全身下墜的力量拉動那根繩子——

整個屋頂隨著機關拉動而塌陷。夏倫奮力想躍起，但無處著力，跌入木屋中。

一種像裂帛般的奇異聲音從屋中傳出來。

拜諾恩著地時順勢在地上打了一個翻滾，迅速抓起藏在屋旁的皮袋，抽出雙管獵

槍。

木屋四壁劇烈地震動，屋裡的夏倫在怒吼。

一陣搖撼後，木屋的板壁同時坍倒，只餘下依舊堅穩的樑柱骨架。

樑柱之間縱橫、斜向交錯著數十根繃緊的鋼線，有如一張金屬製的三次元蛛網。

其中數根鋼線沾上了濃稠的血液和肉屑。

滿身血污的夏倫被困在這個精心架設的「結界」中。

他的右肩被鋼線削去了一大片肌肉——顯然是剛才墜下時所傷。

他憤怒地拉動鋼線，試圖搖撼樑柱，雙掌卻被割得血肉淋漓。

拜諾恩舉起獵槍準備射擊。

一直峙伏屋旁灌木叢中的薩格，握住已拉弓的十字弩，架上長釘形的弩箭——

薩格的動作突然停住了——一股不祥感籠罩著他。

「拜諾恩先別開槍！」另一面傳出蘇托蘭神父的叫聲，已換上聖職服的神父高舉著黃金十字架。「讓我以上帝的力量消滅它！」

拜諾恩瞧著神父奔出的身影，遲疑起來。

「不！」薩格從灌木叢站起來大呼。「神父，別接近他！」

蘇托蘭臉上露出堅定的神色。他挺立在「結界」之外，距夏倫只有十幾呎。

神父朝夏倫舉起耶穌像十字架：「吾以全能、神聖上帝與耶穌基督之名，命令你回到那黑暗的地獄去！在全能上帝創造的大地上沒有你的容身之所！退下吧！邪惡不潔的東西，你是美德的敵人，迫害無辜者，滾開！醜惡的東西，回到地獄的同夥那兒去吧！永遠從大地消失，永遠不能再回來折磨全能上帝的子民！」

夏倫作出了恐懼反應，蘇托蘭眼見已成功，連忙拿出一瓶聖水，灑向被困在「結界」中的夏倫！

「不要再浪費時間了！」薩格大叫。「退開吧，神父，讓尼古拉斯開槍打碎他的心臟！」

「不。」神父斷然拒絕。他看見夏倫的身體似乎在逐漸萎縮。神父掏出幾片聖餐餅捏碎，準備撒向夏倫的身體——

夏倫突然狂嚎，不理會鋼琴線把手腿的肌肉削得只餘白骨，從「結界」中一個細小的空隙衝出！

拜諾恩舉槍瞄準——太遲了。

夏倫只餘頭顱和身軀尚算完好，四肢都只剩下骨架，卻像會飛行一般撲到蘇托蘭神父身上，尖利的獠牙深深刺進神父的右頸動脈！

「不……」神父拚命地掙扎，身體向後仰倒地上，仍無法擺脫力量強勁的夏倫。

拜諾恩和薩格緊握武器，卻無法下手。

神父感覺身體的血液開始迅速流失。

拜諾恩看見，夏倫的四肢似乎開始緩緩再生出肌肉……

「殺了我吧……」神父像在哀求般的呻吟。「把我跟它一起消滅……」

拜諾恩與薩格對視。

薩格舉起十字弩瞄準——

一條身影撲向地上的夏倫和蘇托蘭。

夏倫的牙齒放開了神父的頸項，極力想仰起頭，但失去了手腿的肌肉，腰身亦難以使喚——

「唵嘛呢叭咪吽！」

一枚又長又粗的注射針高速插下。尖銳的針管沒入夏倫的烏黑鬈髮，順利地貫穿頭蓋骨，深入腦部。

撲下來的光頭男人右手握持針筒，左掌猛力拍向注射針頂部的按指處，迅速把內筒壓下。足以令十個強壯男人藥物過量致死的液態「快速球」，從針管尖端射出，直接注入夏倫的腦部中樞。

夏倫劇烈地掙扎，把針管硬生生折斷了。

他軟軟地滑離了蘇托蘭身體。

數秒之間，夏倫的軀體狀況出現奇異的變化：時而劇烈亢奮地在沙土上打滾；時而又像醉酒般緩緩蠕動和呻吟，活像某種低等生物。如此經過幾次亢奮／壓抑狀態的迅速交換後，終於完全靜止。

斜揹著武士刀、身穿僧衣的光頭男人半跪在夏倫旁邊，細心檢視夏倫的身體好一會兒，然後說：「終於結束了。」

拜諾恩搶過去，扶起蘇托蘭神父的上半身。神父顯得極度衰弱，臉色蒼白得可怕，兩唇完全失去血色，雙頰乾癟。

拜諾恩從皮外套口袋掏出一瓶白蘭地——原本是準備作引火之用——扭開瓶蓋，倒出少許濕潤神父的嘴唇。

神父原本失卻焦點的目光恢復了一點生氣。拜諾恩連忙再倒少許白蘭地進神父的口中，又把一些塗在他的兩邊太陽穴上。

「你是誰？」拜諾恩帶著警戒心瞧著眼前的光頭男人。

「他叫空月。」薩格在一旁說。「原本是日本密教的僧人。他也是吸血鬼獵人。」

空月站了起來。「好久不見了，薩格先生。你不是說過無法生擒吸血鬼的嗎？看吧，我現在成功了。只要定期繼續注射藥物，我要把夏倫帶到任何地方都可以。」

「你要把他帶到什麼地方？」拜諾恩問。「庫爾登嗎？」

「希望你不要跟我搶奪夏倫。」空月傲然地俯視坐在地上的拜諾恩。「我討厭殺人。如果只是想分一些錢的話，兩成。畢竟你們也出了許多力，不要跟我討價還價，那相當於二十萬。」

「你這狗娘養的——」拜諾恩欲撿起在地上的獵槍，卻被空月一腳踏住。

——這和尚的動作快得驚人，拜諾恩想。看來不是他的對手。

「你知道把他交給庫爾登的後果嗎？」薩格仍然維持著隨時準備發射十字弩的姿勢——雖然他知道弩箭對這個精通東洋祕術和日本劍道的僧人不管用。「查理斯・庫爾登若變成吸血鬼，那將難以想像……」

「求求你……爲了人類。」躺在地上的神父虛弱地哀求。

「人類？」空月冷笑。「你們的耶穌基督也爲了人類做過許多事情，結果呢？他被自己最憐惜的人類釘上了十字架。人類活該吞下自己種植的苦果。這在我佛家中叫做『業』（Karma）。」

空月轉頭瞧向薩格。「你們還是省下氣力幫幫這個可憐的神父吧，他可能還有救。」

拜諾恩檢視神父右頸上的嚙傷，已經止血了。神父仍有一絲希望。

「不行。」薩格斷然說。「你必須放棄夏倫。這也是神父的期望，他剛才的行爲雖然愚蠢，但比你的所爲更值得我尊敬。他冒著生命危險對付吸血鬼，不是爲了金錢或榮譽，而是爲了他人的幸福和忠於自己對上帝、正義的信仰。空月，省悟吧！」

「不要對我用『省悟』這個詞！」空月目中閃出冷酷的光彩。「那是我師父的論調，請你不要再裝出那副通曉一切的神態。剛才的一切已經證明了，我的密教祕術遠勝你那套狩獵技巧。」

「不要浪費時間了。」薩格垂下十字弩。「快把夏倫的心臟貫穿、斬去他的頭顱吧。我有一股極不祥的感覺。」

「是嗎？」空月冷笑。「我可感覺不到什麼。我只嗅到夏倫的氣味。」

「那已經證明你的力量不足。」薩格指向幾公尺外的地上。

雌貓芝娃站在那兒，發出不安的鳴叫——不是對著夏倫，而是面向空虛的遠方。

「牠察覺了一些不友善的『東西』。」薩格警告。「可能是另一隻吸血鬼——夏倫的同夥。」

拜諾恩悚然。他站起來，遠離夏倫的身體，然後閉起眼睛。

——真的。好像有另一股不同的氣息，但卻時而出現，時而消失。

拜諾恩把他的感覺告訴薩格。

薩格沉思了一會。「說不定這隻吸血鬼能在靜止不動時隱去身上的氣息。那就是我跟你——」他指指空月。「——感覺不到『他』的原因。」

「那麼這小子就能感覺得到嗎？」空月以嘲笑的眼神瞧向拜諾恩。

「尼古拉斯不同，他是——」薩格的聲音突然止住。

幾十年的狩獵吸血鬼生涯中，他未嘗經歷過如此強烈的恐怖感——即使與吸血鬼帕薩維奇近距離相對、被他抓傷左臉時，薩格也沒有如現在般害怕。

芝娃發出尖厲的怪叫。

空月的臉色也變了。「嗆」的一聲，他拔出背上的武士刀。

躺在地上的神父以顫震的乾唇祈禱：「……上帝啊……賜我勇氣……」

拜諾恩迅速抄起獵槍。

「來了……」拜諾恩的聲音也在顫抖。「很近……很近！已來了——在那邊！」

他瞧向薩格的身後。

「快逃！」拜諾恩和空月同時高呼！

薩格感覺一股寒冷的氣息吹襲他背項。在衣衫底下，背部皮膚全長出了雞皮疙瘩。

緊握十字弩的雙掌指節發白。

芝娃尖叫，撲向薩格身後月光照不見的暗處——牠甘於失去腹中的孩子們，也要拯救老主人！

薩格左腳邁出一步，正要全速奔前——

芝娃的身軀從那暗影處飛出，肚腹破裂，重重掉到幾公尺外的地上。一蓬熱血潑灑在薩格背部。

薩格極力控制自己不要回頭，但失敗了。

他回首，看見一個刺青標誌：

納粹的鈎十字。

□

朗遜伏在附近一座山崗上，目擊眾人捕獵夏倫的一切情形。

薩格三人在跳車之前，以手鐐把朗遜銬在廂座的鋼椅把上，並且取走了手鐐的鑰匙。

他們沒想到朗遜在鞋底暗處還藏了另一枚後備鑰匙。

脫身後，朗遜幹的第一件事是跑到車頭，告知車長代爲報警。

然後他在毫不考慮的情形下跳出列車——當然是先下令車長放慢車速。但這一來已耽誤了十幾分鐘。朗遜在黑暗中摸索了許久，才追尋到薩格三人的所在。當時他們剛完成了「結界」。

看見拜諾恩的獵槍和薩格的十字弩，朗遜決定還是先待在山崗上靜觀——何況他也想知道這三個古怪的人究竟在搞什麼玩意兒。

結果他看見了剛才驚人的一幕。

——那個面貌酷似夏倫的人（假定他不是眞正的夏倫）到底是什麼東西？爲何完全沒有痛覺，而且具有如此可怕的力量和速度？拜諾恩如何找到他？

——那個白鬍子的老頭跟那個光頭男人是什麼傢伙？遠看似乎像東方人，又揹著日本刀，他就是法蘭克・山形嗎？

看見夏倫咬住蘇托蘭神父時，朗遜不期然想到：這會不會就是造成乾屍的祕密？

他想起一個詞語。一個說出來連自己都會失笑的詞語。一個FBI特勤員絕不應說出口的詞語。

可是再沒有其他名稱比這個詞語更能貼切形容那酷似夏倫的「東西」︰

「吸血鬼」。

然後朗遜看見了更可怕的一幕。

□

拜諾恩水平舉起雙管獵槍，瞄準薩格身後的黑影，扣動扳機！

撞針擊中圓筒式十號徑霰彈尾端，點燃彈筒的火藥。獵槍管閃出火花，十顆鉛彈集中於一點發射而出。

鉛彈密集成一個直徑僅三公分的圓陣，貫入肉體。血肉爆飛。

鉛彈命中的竟是薩格的腹部！

身穿黑衣的「鈎十字」右手拴著軍刀，左手握住薩格的後頸，擋在身前作盾牌。

拜諾恩哭了。

他明白了剛才是怎樣一回事：在他扣扳機的一剎那前，這隻吸血鬼以迅速的動作制住薩格，把薩格拉到槍管跟前。

拜諾恩親手開槍打穿了恩師的肚腹！

——他發誓要報仇！

拜諾恩穩住顫抖的雙手，正要再次瞄準——

長釘狀的弩箭帶著破風之聲，貫穿了拜諾恩的喉嚨！

——完了。

拜諾恩帶著無限的悔恨仰倒，重重地掉落地面。

——一點痛楚也感覺不到。拜諾恩只是拚命想著慧娜。

站在沙漠遠方的慧娜。

被海洋吞沒的慧娜……

拜諾恩的意識漸次模糊……

「當年一直追蹤我的就是你嗎？」「鈎十字」把薩格的頭顱扭向自己，凝視這個老獵人瀕死的眼睛。「我們終於見面了，這不是值得高興的事情嗎？」

「鈎十字」右手拋棄十字弩，再次提起連鞘插在沙土上的軍刀。「你的氣魄十分值得我敬佩。願意成爲我的僕人嗎？現在還有機會。不用說話，我能夠從眼神『讀』出你的心。只要你願意，我立即爲你進行『黑色洗禮』。『喝我血的人就有永生』，這是萬中無一的機會啊。」

這是極大的誘惑——尤其對於一個正瀕臨死亡的人而言。永恆的生命。

薩格的眼神中卻露出決絕之色。

「太可惜了。」「鈎十字」嘆息。「象徵對你的尊敬，我會讓你死得快一些。」

「鈎十字」左手五根指頭發揮吸血鬼那股令人震怖的力量。指甲深入肉中、刺耳的一聲，薩格的頸項被揑得粉粹。

空月不由覺得震慄，這種強大的握力是他前所未見的，眼前這個俊美的「鈎十字」，比他過去遇見的吸血鬼都要強。

「剩下你了。」「鈎十字」放開薩格失去頭顱的屍體，雙手握住軍刀的烏黑皮鞘，朝著空月邁步。

「把夏倫交給我，」「鈎十字」微笑說。「我會讓你死得跟那老人一樣痛快。」

空月冷笑，他解開腰帶，脫去身上的僧衣。

赤裸的上身刺滿了《般若心經》的經句。肌肉盤結，形狀異常完美。

空月口中不斷吟唸：「唵嘛呢叭咪吽唵嘛呢叭咪吽唵嘛……」身體的肌肉竟隨著咒語緩緩鼓脹起來。每個刺青漢字都變大了。

空月雙手握住武士刀，擺出「中段平青眼」架式。

「你太不幸了。」空月說。「我只能帶走一隻吸血鬼。你只好下地獄，我承諾會替你的亡魂超度。」

「很好！」「鈎十字」邪笑，拔出了他那柄西洋軍刀。「希望你不會讓我失望。」

仍然清醒的蘇托蘭神父坐起身體，看著空月與「鈎十字」的對峙。

他當然不願看見吸血鬼獲勝；但假如勝利的是那個日本和尚，毫無疑問在不久將來，世上將誕生一隻名爲查理斯．庫爾登的吸血鬼——一隻掌政、經界強大實力的魔鬼。

兩個結局蘇托蘭都不想接受。

「天父啊……告訴我要怎樣做……」

神父瞧向仰倒地上即將氣絕的拜諾恩。

「這是唯一的辦法嗎？」

他吃力地從地上撿起那具黃金十字架，以僅餘的氣力拉動十字架上部，拔出了一段利刃。原本是十字架上半的部分，成了這把奇異匕首的刀柄和刀鍔。

「這是上帝的安排嗎？……拜諾恩……吸血鬼的私生子……」

血腥殺陣 B

跟薩格一樣，空月內心裡對於吸血鬼存著某種傾慕之情。

他打量眼前的「鈎十字」：英挺的六呎餘身軀穿著黑色皮製大衣，猶如伸展台上的模特兒；金色的長髮齊整地束成馬尾，露出一張如雕刻而成的標準盎格魯．薩克遜俊美臉龐，膚色白皙無瑕——除了眉心處的鈎十字刺青；深幽的雙目，眼瞳呈晶亮的藍色；單手握持軍刀的體勢優雅無比，散發一種古典貴族的氣質——看來這隻吸血鬼已具有數百歲年齡，現代人絕少擁有如此氣質。

——不行！不能直視他雙眼！

空月驚覺自己險些被吸血鬼的精神迫力壓倒。一旦在精神上落敗，只會被吸血鬼催眠控制。

他連忙聚歛心神，不斷唸誦「六字眞言」。

「鈎十字」微笑。他差點便兵不血刃地擊敗這個東密和尚。

空月突然揮動武士刀，在空虛中劃出九條軌跡，每揮一次便喊出一個字：

「臨．兵．鬥．者．皆．陣．列．在．前！」

這是密教的「九字祕印法」，其原理近似以自我催眠激發人體機能，每一個「祕字」都象徵刺激自身體內一個部位。

經過「劃九字」儀軌後，空月的五臟六腑、太陽神經叢、腎上腺、甲狀腺、腦下垂體、松果腺、視床下部等部位都按思維隨意調整，九種內分泌腺和六十種荷爾蒙的分泌份量調和至最佳狀態，全身肌肉充滿澎湃的力量，而且達到最高的柔韌性。

空月曾經連續七個嚴冬到京都伏見的五社瀑布進行沖身苦行修練，才達到這種能以意志控制內臟機能的境界。

刺滿《般若心經》的赤裸上軀散發出一種芳香的體味，這是內分泌引起的作用。

「鈎十字」也感覺到空月的精神力突然高漲了好幾十倍。他從未遇上過如此的對手。

「神祕的東方文明果然教人驚訝。」「鈎十字」依然微笑。「我應該也到亞洲走一趟。」

「你沒有機會！」

空月吶喊，引刀躍前，動作之迅速甚於野獸！

兩刀交鋒，在黑夜中迸出星火。

雙方各自揮出一刀，然後擦身而過。

「鈎十字」快速轉身，目中閃出怒火。

他的左臉被劃破。血痕自白玉般的臉頰上冒出，顯得格外鮮紅。

他疑惑地察看空月：剛才我的軍刀分明早一步砍中了他左肩，何以他仍能割傷我的臉？

他注視空月的肩頭——半點損傷也沒有。

「鈎十字」明白了，那《心經》刺青，可能代表某種護身祕法。

「那些漢字是什麼意思？」他指指空月的肩。

「這句是說：心中沒有掛念的事情，便不會感到恐懼（無罣礙故無有恐怖）。」

空月傲然。「你的刀砍不傷我的身體。」

「很好的詩句。」「鈎十字」左手從外套口袋掏出手帕，抹去臉上的血污。刀傷已經癒合。「你同樣砍不傷我。可是剛才已經證明了，我比你快。讓我先把你的頭顱斬掉！」

這次先進攻的是「鈎十字」。他的動作與剛才空月的進攻截然不同：空月的攻擊動作充滿剛勁的動能；「鈎十字」的動作卻輕柔無比，全身猶如無重量的物體般飄出，速度卻同樣可怕！

「鈎十字」這次一連揮斬三十刀——全部動作在一秒內完成。

假如是普通人，只會把這三十刀看成一團一閃而逝的光影；假如空月未把自身機能提昇，亦只會看見三十刀同時斬出。

但現在的空月，視神經受到內分泌的刺激，加上腦部處於高亢狀態，能夠清楚分辨這三十刀的先後次序！

武士刀迅捷翻滾，同樣在一秒內揮出三十道弧形軌跡，以最小的力量卸去「鈎十字」的全部攻擊。

在最後一個防守動作中，空月的武士刀從弧形運行變成直線運行，反擊「鈎十字」心臟。在極短距離下刺出的刃尖，速度比弩箭更高！

「鈎十字」憑著吸血鬼的驚人高速，迴轉軍刀擋去這刺擊。

空月身體掠出，剎那間閃至「鈎十字」背後死角。

「鈎十字」同樣以順時針方向，反繞往空月背後。

雙方的身體同時以高速迴轉，有如兩條毒蛇互相追咬對方的尾巴。

轉動的速度越來越快，沙塵飛揚。

空月的速度本以微差低於「鈎十字」，但由於在最初搶佔了先機，足以填補速度上的不利。

高速揚起的沙霧掩蓋兩條旋轉的身影。

這樣持續互相追逐了三分鐘，空月漸感不支。

——他忘記了人類與吸血鬼的另一差異：人類必需換氣呼吸，吸血鬼卻無此必要。

如此相持下去，空月的後背勢必被「鈎十字」的軍刀刺破！

空月斷然變化策略：止步，原地一百八十度轉體。

正面迎向「鈎十字」！

「臨兵鬥者皆陣列在前！」

在電光石火的交接一刹那，空月使出了他的最高招術「九字祕劍」。

空月身體的瞬間爆發力提昇至最頂點。腦海一片空白，九刀全部是在無意識之中，以身體的自然反射動作斬出。

這是「鈎十字」三百五十二年以來目擊過最快的人類動作。

但比起吸血鬼——特別是像他這樣「年老」的吸血鬼——這速度仍是慢了一點。一點點。

「鈎十字」振起軍刀，以剛才空月使用的防守方式，同樣劃出九道圓弧，消解了武士刀的攻勢，最後一道圓弧更貫滿力量，把空月手中的刀擊飛！

——錯了。武士刀並非遭「鈎十字」擊去，而是空月自行放棄。

空月的左拳無聲無息地擊出，速度更高於剛才的「九字祕劍」。

這才是「九字祕劍」的眞正面貌：九式刀招全都只是虛攻，這一拳才是眞正的必殺技！

空月棄刀出拳，無疑是背水一戰。

這拳勢必要貫穿「鈎十字」的胸膛，將其心臟打成粉碎！

拳頭已接觸到「鈎十字」的襯衣。

□

正在彌留間的拜諾恩，在闇暗的意識中忽然看見一絲微弱的光明。

他僅餘的知覺，感受到一種溫暖的液體，滴落在自己的嘴唇上。液體濃稠得帶有一種黏膠感覺，緩緩沿著唇片流進口腔，流入喉部。原本深深插在喉嚨的弩箭被拔除了，拜諾恩感覺像頓然脫下一副沉重的枷鎖。

蘇托蘭神父直接把割裂的腕脈按壓在拜諾恩的嘴上，讓身體僅餘的鮮血灌進去。

「上帝啊……原諒我……」神父的體力降至最低點。「……我不知道……這樣做……對不對……但這是……最後的……機會……」

神父發覺左臂的血液幾乎流乾了。他以牙齒咬住十字架匕首，割破自己的右腕脈。

割脈本身是一個需要極大氣力的動作，以蘇托蘭現時的瀕死狀態原本是不可能做到的事。但是信仰的力量卻支撐著他的身體，巨大的精神力把不可能變成可能。

眼看血液從創口湧出，神父感不到絲毫痛覺，他急忙把手腕遞向拜諾恩的嘴巴。

「……上帝……全能全善的上帝……請聽我最後的禱告……」神父發覺視線開始模糊。「……讓這『達姆拜爾』復活啊！」

拜諾恩看見那絲光明漸漸變得更大更亮了。他看得見自己身處何地。

他再次進入了自己的內臟之間。

腥臭的氣息；溫暖濕潤的感覺……拜諾恩想，這是人類最原始的恐怖感。

光華更亮。那道沉重、塵封的大門終於廣開，展開出一片看不見盡頭的荒原。

荒原中有一點黑色的東西漸漸接近，越變越大。

是在奔跑中的東西。是生物。

是一隻野獸。

拜諾恩從來沒有見過如此兇猛、可怖的野獸：碩大的頭顱長著三根又彎又尖的犄角；頭頂、兩腮和頸項的紅色鬃毛如火焰燃燒似地飄動；血盆巨口伸出如刀戟的獠牙和分叉的赤舌；皺紋深刻的鼻子噴出白霧；三隻漆黑的眼睛裡光華不斷躍動，似乎正有無數微小的精靈在眼瞳內展開血腥激烈的戰爭。

遍長烏黑長毛的軀體上寄生著綠色的蛋子；雄健的六條腿以懾人的力量急奔，足以把石頭踏碎，每踏一步四根尖長的獸爪便深深刺入土地；長尾有如一條具有獨立意識的巨蛇，在虛空中盤纏舞動。

野獸朝著拜諾恩奔跑過來。他想驚叫，但喊不出聲音；他想逃跑，但動不了一寸肌肉。

野獸逼近。拜諾恩這才發現，面前的猛獸突然變大，充塞他眼目所見的一切空間。

野獸俯首，張開血口，濃烈的臭氣撲鼻而至。

野獸把拜諾恩吞噬。

拜諾恩進入野獸漆黑一片的體內。一切寂靜。

——這就是地獄嗎？

過了許久，仍是沒有盡頭的黑暗和寂靜。許久……拜諾恩感覺自己在這空無一物的空間中度過了許多年。

終於他聽到一點聲音。那是一種斷續而尖銳的聲音，但太遠太細了，無法辨別是什麼。

聲音漸大，拜諾恩聽出了。

那是一個女人在極度痛苦中發出的叫聲。

然後拜諾恩看見了光。在光明處，一個全身赤裸的年輕孕婦坐在地上吃力地分娩，不斷發出痛楚的呼叫。

拜諾恩知道她就是他的母親。

母親在盡力分娩，不斷把力量聚集在腹部和下肢，但子宮冒出的盡是鮮血。

拜諾恩甚至能感覺到母親所受的痛楚。那是人類忍受極限的痛楚。拜諾恩不能制止地哭泣，感到腦袋在不斷脹大，快要把頭蓋骨也撐破了，痛楚卻仍是毫無間斷地襲擊而來……

一陣嬰兒的啼哭聲。

痛楚消失。拜諾恩的意識回復下來，卻發覺母親已經不見了。

現在的他站在帝國大廈的避雷針尖端上，他俯視下方，整個紐約市就在他底下。

站在一千四百七十五點四呎的高空中，拜諾恩感到暈眩。他失去平衡，從針尖墜下。

急勁的風呼呼掠過，拜諾恩失卻了重力感，他直視地面——繁華的第五大道。

在即將抵達地面的一瞬，紐約市消失了。

拜諾恩平安地躺在床上。

他伸手觸摸旁邊。慧娜不見了。但床單和枕頭上仍留著她的餘溫。

拜諾恩下床站起來，步向睡房唯一的門。

門打開，出現一條沒有盡頭的狹長走廊。拜諾恩看見慧娜細小的背影，在走廊一端的遠處奔逃。

「等我……」拜諾恩吶喊，舉步向前。

他在走廊上不斷地奔跑。慧娜的背影一直沒有接近，卻也沒有消失。

終於拜諾恩力竭了，他伏在走廊的冰冷地板上痛哭。

「我不想死……給我生存的意義……」

地板驀然溫熱起來，變成了粗糙的沙土，拜諾恩仰起頭，走廊消失了。

他返回那片荒原。

在一棵枯死的大樹下，野獸靜靜地佇立，瞧著拜諾恩。

拜諾恩發覺自己不再害怕牠了。

牠朝拜諾恩微笑，然後說：

「我們還會再見……」

牠轉身踱步而去，身影迅速從荒原之上消失……

□

空月的拳頭擊中了「鈎十字」的心臟部位，卻遇上一層堅硬的物體，拳頭無法貫穿進去！

軍刀橫揮而過，利刃準確地水平割破空月雙目眼球！

空月慘呼掩目飛退。

「鈎十字」亦被空月的拳勁擊得仰倒。他站起來，握住軍刀的手仍在顫震，可以想像空月的「祕拳」力量之巨大。

「鈎十字」左手伸進襯衣領口內，掏出一塊鋼板。上面有一個清晰的凹陷拳印。

「鈎十字」把鋼板拋去。「你低估了我，吸血鬼並不是野獸，我們也懂得保護自己。」

墮入黑暗世界中的空月驚慄地尋找武士刀，痛楚和恐怖已令他精神完全崩解，之前遭「鈎十字」砍中的肩膊開始冒血。

「鈎十字」擲出軍刀，刀刃命中空月的右腳，把腳掌釘牢在地上。

空月忍住痛苦的悲鳴。

「鈎十字」一秒間探到空月背後，撫摸那刺滿經文的背項皮膚。

「太美了……」「鈎十字」的指尖刮過處，冒起雞皮疙瘩。「讓我留作紀念品吧！」

「鈎十字」雙手指頭插進了空月的兩肩處，硬生生把空月背部整張皮撕了下來！

空月再也忍受不了，慘嚎迴響於山谷間，劇烈的掙扎下，右腳掌破裂脫離刀刃。他伏倒下去，失去皮膚的背項肌肉赤紅如初生嬰兒，冒出一點點血珠。每一陣風吹拂而過，空月都感到如遭火灼。

「這慘叫聲令我回想起奧斯威辛〔註〕。」「鈎十字」的笑容猙獰如惡鬼。「那些猶太鬼的叫聲……多美妙。」

他舉起手上的人皮，《般若心經》的經文在腥風中飄揚。

「那是多麼美好的時光，要殺多少也可以……不知是否心理作用，猶太鬼的血總是不夠美味……假如元首勝利了……」

「鈎十字」沉緬於那殘酷的回憶中。

空月在地上匍匐摸索。

「不知道和尚的血液味道如何？」「鈎十字」把人皮捲起，收進皮衣口袋。

空月的身體突然躍起，以咽喉迎向插在地上的軍刀。

空月撲了個空，「鈎十字」及時拔起了軍刀。

「鈎十字」放縱地嘲笑。他極享受這種一切操之在己的感覺。

笑聲止住了。「鈎十字」有點不安的感覺，他向四方掃視。

拜諾恩的屍體不見了——原本伏屍之處只餘下全身失去了血液的蘇托蘭神父。

「鈎十字」聽到身後傳來一些聲音。

他轉身，卻什麼也看不見。

聲音轉到了左後方。

「鈎十字」這次以全速發出了攻擊。

軍刀只砍中空氣。

聲音又轉到了後方，是哭聲。

「鈎十字」緩緩回身。

看見了拜諾恩。

喉部創傷已經癒合的拜諾恩站在遠處。

他的樣貌改變了：臉變得比從前更蒼白、更瘦削；黑髮突然之間長了許多，在風中飄起；眉毛也變得濃了；淺褐色的瞳色顯得更淺；嘴唇隱隱泛著淺紫色；兩支上顎犬齒變得少許尖長。

他在放聲地哭泣。

註：奧斯威辛（Auschwitz）位於波蘭境內，是二次大戰時納粹德國建立之最大死亡集中營，最少一百五十萬人（九成是猶太人）在此遭屠殺。

「鈎十字」多年來第一次感覺意外。

——難道他變成了同類嗎?但是……

「鈎十字」知道一個鮮爲人知的祕密:吸血鬼是不會哭泣的。大概是已把靈魂出賣給魔鬼了吧……

拜諾恩右手握住薩格消滅第一隻吸血鬼時所用的那柄尼泊爾彎刀。

憤怒的眼睛直視「鈎十字」。

「鈎十字」試圖以他獨具的催眠力壓制拜諾恩,然而對方的眼神中似乎也蘊藏了同等的力量。「鈎十字」感覺自己的意識像碰上了冰塊。

他回想起夏倫曾經說過有關這個叫尼古拉斯的男人的事情:在那黑暗的大屋裡,夏倫迅速把所有人屠殺,卻特別把拜諾恩留到最後。因爲夏倫從他身上嗅到一種近似同類的氣味……

現在「鈎十字」也嗅到了。可是不對,這個男人絕對不是同類……他是活人;然而剛才那種速度,還有令傷口馬上癒合的恢復能力……

「我明白了。我也聽過那個傳說——我還以爲那終究只是傳說……」「鈎十字」

的語音變得乾啞。「你是『達姆拜爾』！」

拜諾恩的哭泣停止了。

「鈎十字」把左手伸向拜諾恩。

「聽說『達姆拜爾』是我們吸血鬼的天敵。」「鈎十字」微笑。「可是我們根本沒必要對抗啊。你想爲誰而戰呢？你看看報紙。你已經被人類唾棄了。你跟我一樣，在他們眼中都是怪物。」

拜諾恩臉容震動。

——你這冷冰冰的怪物……

「好好珍惜你那萬中無一的天賦吧。」「鈎十字」俊秀的臉格外具說服力。「來當我的部下。利用你的能力爲我招集更多擁有強大力量的同類。我們也可以去找查理斯·庫爾登那老頭——既然他那麼渴望永生。把他變成同夥，控制他的龐大財力。我們能夠把整個世界掌握在手中！地球將成爲我們任意獵食的樂園！我們不必再活在黑暗之中！」

他的左手四指朝拜諾恩招一招：「來啊！這是你唯一的生路。」

拜諾恩別過頭。他看見的是地上那柄金色的十字架匕首。上面染著蘇托蘭神父的血已然乾涸。

他斷然搖頭。

「老兄，別搞錯了。我的不幸都是你們吸血鬼帶來的。我的母親被吸血鬼害得瘋狂和死亡；我因爲吸血鬼成爲了人間不容的通緝犯；我至今最敬佩的人薩格，也被吸血鬼——你——殺害。」

他緊握住掛在胸前那個薩格送給他的銅鑄十字架。「我痛恨吸血鬼。我要用你們賜予的力量把你們狙獵殆盡，從大地上消失。」

「太可惜了。」「鈎十字」收回他邀請的左手。他緊緊皺起眉頭——顯然他是眞的感到失望。「你自願放棄了永恆的生命，你再沒有看見陽光的機會。」

「鈎十字」解開後腦上的束帶，一把亮麗的金髮飄散，一對獠牙突然伸長，暴露出唇外。

「讓我看看『達姆拜爾』擁有多強的力量吧。」

達姆拜爾vs.吸血鬼

在圓月光華之下，軍刀與尼泊爾彎刀的刃身各自泛出海洋似的淡藍。

夜已深。拜諾恩左腕上具有夜光裝置的手錶，顯示時間是：

十月三十一日凌晨三時零七分三十秒──

03:07:31

「鈎十字」的皮大衣袍角飄起，軍刀隱沒入大衣中。

03:07:32

「鈎十字」抵達拜諾恩一秒前站立的地方。拜諾恩則退到五公尺外。

03:07:33

「鈎十字」繼續追擊，軍刀仍藏在大衣底下。拜諾恩不斷後退。

03:07:34

「鈎十字」的軍刀從衣袍底下出現，斬擊八次。拜諾恩擺動身體閃躲──在常人肉眼中那迅疾的閃避動作令他的身影變成模糊一團。

03:07:35

「鈎十字」斬出了第四十刀。拜諾恩繞到左方六公尺之外。

03:07:36

「鈎十字」加速進攻，拜諾恩無法再退避。在還沒有完全掌握自己的力量之下，他第一次揮動彎刀。

兩刃交擊出火花。

從交鋒中，拜諾恩感覺自己的臂力似乎足以與「鈎十字」相捋。「鈎十字」再斬兩刀，均被拜諾恩的彎刀擋去。

03:07:37

拜諾恩第一次嘗試攻擊，以彎刀揮向「鈎十字」頸項。「鈎十字」輕易避過。

拜諾恩攻擊失敗後暴露出空隙，「鈎十字」的軍刀乘機反刺，刀尖碰到拜諾恩肋骨。

03:07:38

拜諾恩的身體到達十五公尺外。

——剛才是怎麼一回事？很快！

「鈎十字」開始感到驚訝。拜諾恩的攻擊又慢又笨拙，但在幾乎被軍刀刺穿的剎那，卻以幾乎連吸血鬼的眼睛也捕捉不到的速度，從刀尖前「消失」了，然後突然出現在遠處。

——這就是「達姆拜爾」的力量嗎？

連拜諾恩自己也感到錯愕。剛才以爲自己已經敗陣了。那個瞬間的移動動作是在無意識下進行的。

他想，如果能隨意掌握剛才那種能力，必定可以輕易擊敗「鈎十字」。

03:07:39

「鈎十字」左手從腰帶拔出一把短劍，深感不安的他決定豁出一切。

03:07:40

「鈎十字」雙手各握一刃追擊，但無法拉近與拜諾恩的距離。拜諾恩不斷後退。

拜諾恩開始感到乾渴，是力量衰減的先兆。

03:07:41

「鈎十字」俯身向地面挖掘沙土，漫天塵霧。

03:07:42

「鈎十字」全身鑽進了地底。

拜諾恩貫注精神，感覺「鈎十字」在地底的位置，繼續退避。

03:07:43

拜諾恩感覺「鈎十字」仍在地底竄動追擊而來，速度只比在地面上緩慢少許。

拜諾恩繼續退避。

03:07:50

「鈎十字」仍在地底下竄走，雙方迂迴追逐了逾三百公尺。

03:07:51

「鈎十字」在距離拜諾恩八公尺處破土躍出。

03:07:52

「鈎十字」在地面上繼續追擊拜諾恩。

拜諾恩快速退避。

03:07:53

後退中的拜諾恩右腿陷入沙土中——剛才「鈎十字」遁地時暗中把此處沙泥挖鬆！

「鈎十字」趁拜諾恩動作窒礙時拉近距離。

03:07:54

「鈎十字」雙手刀劍迅疾斬擊！

軍刀和短劍交替砍下，「鈎十字」的攻擊速度等於快了一倍。拜諾恩的眼睛無法捕捉。

拜諾恩決定以攻擊代替防禦，尼泊爾彎刀閃動。

03:07:55

「鈎十字」與拜諾恩互相斬中對方身體——「鈎十字」胸部、腹部、右臂中刀；拜諾恩胸腹被斬破十七處，左臂遭砍至見骨，右腿給削去一大片肉，左耳僅餘少許肌肉連結頭部，下巴洞穿了一個窟窿。

血雨四濺。

03:07:56

拜諾恩再次發揮出突破界限的速度，身體帶著一條血尾巴拔昇上六公尺高處。

「鈎十字」躍起追擊。

拜諾恩感到力量繼續衰退。

03:07:57

拜諾恩在空中擲出彎刀。但並非朝向迎面躍攻過來的「鈎十字」。而是下方正昏迷躺臥的夏倫。彎刀迴轉飛出。

03:07:58

「鈎十字」在空中翻轉下沉，追擊飛行中的彎刀。

彎刀以詭速迴旋向夏倫的頸項。

03:07:59

正處於頭下腳上狀態的「鈎十字」，準備以軍刀擊開彎刀。

彎刀到達夏倫頸項外僅兩公尺，迴轉的力量依舊強勁。

拜諾恩從靴筒中掏出他的「護身符」——那柄刃型像柳葉的飛刀，人仍在半空。

03:08:00

0.2秒：彎刀切入夏倫頸項。

0.25秒：彎刀完全切斷夏倫頸項。

0.4秒：「鈎十字」著地。

0.5秒：拜諾恩半空中的身體後彎、拉弓。

0.8秒：「鈎十字」跪在夏倫屍體前，心理崩潰。

0.9秒：拜諾恩身體在空中猛力旋轉，右臂柔軟地朝下劃出弧形。

03:08:01

0.1秒：拜諾恩的飛刀脫手而出。

0.2秒：飛刀的運行加速至頂點。由於重量及形狀的關係，飛刀的飛行速度比剛才的彎刀高出三倍。

0.3秒：飛刀接觸「鈎十字」背項的皮衣表層。

0.4秒：飛刀突破「鈎十字」的皮衣、襯衫、皮膚、肌肉，刀尖貫進其心臟三公分。

0.7秒：「鈎十字」失卻力量，伏倒。

03:08:02

拜諾恩著地。

「鈎十字」知道情況不妙。吸血鬼雖然擁有強大的肉體復元能力，但心臟卻例外，只能如正常人類般緩慢痊癒，若是受到嚴重破壞更會遭永久消滅。像現在的傷勢，也會因爲無法維持正常血液循環而失去大部分力量。血是吸血鬼能量的來源。

拜諾恩亦感覺得到「鈎十字」的力量消退至何等程度。可是拜諾恩自己也無法再發動任何攻擊——他只是依靠餘下的微弱體能勉強站立。

相反地，以「鈎十字」現時的力量水平，其實仍然能夠輕易把他這個「達姆拜爾」擊殺。

——不能讓他發現這點……

拜諾恩硬挺住身體。

「鈎十字」則在苦待逃亡的時機。

這是精神和意志的比拚。

最先按捺不住的是「鈎十字」——這對拜諾恩而言是好運。他還差一點點就要崩潰了。

「鈎十字」身周散發出白色的蒸氣，白霧迅速擴散。

拜諾恩看見「鈎十字」的黑影仍隱現在霧團中。

良久，氣霧散去，拜諾恩才舒了一口氣。

黑影變成「鈎十字」遺留在地上的大衣。

拜諾恩跪了下來，雙手支地，他清楚感覺到身體血液的流失，意識也漸漸模糊。

——可能眞的會死……

他發現了躺在地上一方的空月，一股強烈的野性慾望自胸中昇起，蓋過了疲弱不堪的意志。

他吃力地爬過去。

面前的空月失去了背項皮膚，俯伏於大地上，身體寂靜不動。

拜諾恩把空月的軀體翻轉，發現他那仍然完好的頸項。

劇烈的飢渴感侵襲下，拜諾恩伸手探索空月的鼻息。

沒有呼吸。這個東密僧人剛才使用了一生最後的秘法，以意志停止心臟跳動，讓自己從極端痛苦和無邊黑暗中解脫。

拜諾恩的心寬慰了起來。

——這樣不算是殺人吧……

他把嘴巴湊向空月屍身的右頸。利齒刺破了頸動脈。

仍溫的血液挾帶著生命力，源源流入喉內。拜諾恩感到前所未有的亢奮和滿足——就像沉入了水中許久，忽然能浮上水面再度呼吸空氣一樣。

身上逾二十道創口開始自動癒合，被削去的肌肉重生，左耳緩緩連接起來。

看著自己身上的傷口轉眼之間消失不見，拜諾恩不禁感到有點興奮——這等超乎凡人的力量誰不想擁有？可是隨著意識清醒，他嗅到自己口鼻之間那股腥臭，再看看眼前和尚那狼藉的屍身，強烈的罪惡感和對自己的厭惡感不由而生。

——我……我眞的是……怪物嗎？……

恢復能量後，拜諾恩盡量張開他的官能感應，防範「鉤十字」再度來襲。

他發覺有人出現在身後遠處。

「是誰？」拜諾恩回過頭。

他看見朗遜正怔怔地站在一棵樹下。

朗遜呆呆地凝視嘴角沾滿鮮血的拜諾恩。

□

在拜諾恩的半威脅下，朗遜協助他架起柴火，把約翰・夏倫的屍身燒成灰燼。

「他就是你要找的凶手。」拜諾恩凝視熊熊烈火吞噬這位搖滾巨星的肉體。「你的案件已經完結了。他死了——不，正確地說，他在二十五年前已經死了，只是到了今天才眞正安息。」

「他，還有你……」朗遜遲疑著問。「究竟是什麼？」

「你看見剛才發生的一切嗎？」

朗遜點頭。

「那麼你心中應該有了答案。」

拜諾恩拿起地上的長形皮袋，從裡面找出一柄鐵鍬。

「我花了許多時光，才終於知道自己是什麼。」

他把鐵鍬拋給朗遜。

「來吧。我們還有許多事情要做。」

兩人合力把薩格、蘇托蘭神父和空月和尚的屍體分別埋葬了。

拜諾恩找到空月的武士刀，把它插在主人的墳上。薩格跟神父的墳墓則插上用樹枝紮成的十字架。

「神父，感謝你在最後把自己殘餘的生命寄托給我。我承諾，假如有一天我發現自己將要越過那『界限』，在成爲徹底邪惡的東西之前，我會先毀滅自己。」

拜諾恩轉向薩格的墳墓。

「我要怎麼說呢？……跟你相識的時間太短，但是我永遠不會忘記你——彼得・薩吉塔里奧斯，世上最偉大的吸血鬼獵人。」

他的手伸往胸前，握住那銅鑄十字架。

拜諾恩接著走到剛才「鈎十字」消逝之處，他撿起了那件黑色大衣，沾血的飛刀仍遺留在大衣背上。

拜諾恩拔出飛刀，往靴底抹掙了血污，收回靴筒之內。

他瞧著那件大衣。

「我們還會再見面。」

拜諾恩把大衣穿上，竟然異常合身。袖長、肩位都剛好合適。

「這兒還有一條……屍體。」朗遜指向地上一方。

差點忘記了芝娃。可憐的母貓，爲了拯救主人而犧牲了生命。

拜諾恩走到芝娃的屍身旁，卻發現牠破裂的肚腹中有些東西在蠕動。

拜諾恩把傷口掀開。

一隻渾身黑毛的初生小貓蜷伏在亡母肚子內，四周包圍著牠已死亡的六隻兄弟姊妹。

牠僅能睜開一線的眼睛瞧著拜諾恩。

拜諾恩把牠從芝娃腹中抱了出來。他掏出一方手帕，把牠的身體抹乾。

「你跟我一樣，剛出生就失去了母親……」拜諾恩以指頭輕掃小貓的頭頸。「跟我一起去狩獵好嗎？」

小黑貓以微弱的叫聲作答。

拜諾恩檢視小黑貓。

「是公的……就把你叫作『波波夫』吧。」

拜諾恩把波波夫收進大衣內以保持溫暖。「忍耐一點，到了市鎮便替你買牛奶啊。」

拜諾恩收拾好皮袋，掛在右肩上。

夜已到了盡頭。東方的遠山後漸現金黃色的曙光，拜諾恩知道是離去的時候。

他最後一次看看朗遜。

「放棄吧！你們再也抓不到我。」

拜諾恩轉身朝著北方步去。

朗遜無言目送拜諾恩的背影，他答不上一句話，他感覺拜諾恩根本是屬於另一個世界的生物。

眞是一次奇妙的經歷。朗遜掏出袋中的錄音機，那卷錄音帶中記錄了他兩小時前目擊景象的口述。

他按下「回轉」鈕，把帶子翻前了一段，再按下「播放」鈕。

「……我看見……好像是吸血鬼的東西……」

N・拜諾恩之日記【IV】

十一月一日

……乘列車返抵聖地牙哥，回到薩格的屋子，一邊收拾他的事物，一邊回想這不到一個月內發生的事情。

感覺身體出現了許多奇異的變化，視力比從前強了許多，能夠看見很遠很小的東西；可是也有許多不便：首先是要習慣肢體的速度和力量，經常要留神，克制至普通人的水平；更辛苦的是聽覺，坐在列車上時感覺好像兩顆炸彈不停在兩耳旁爆破一般，花了許久才學會怎樣控制，收斂聽覺的範圍和敏銳度。

自己好像返回了初生嬰兒的狀態一樣。每走一步、每做一件小事都要重新學習。

找到不少薩格遺下的筆記，全都收進了袋子裡帶走、我需要從薩格處學習更多的東西。

這次擊敗「鈎十字」純是幸運。假若沒有夏倫在，假若「鈎十字」不關心夏倫的存亡，我沒有機會寫這篇日記。

下次再遇上「鈎十字」之前，我必須變得更強。

其他物件一概存放在櫃子裡，最後把大門鎖上。離開前我回首凝視屋子，再見了，彼得。

前路已經決定了：我要成爲吸血鬼獵人，正如昨天的日記所說，這是我的宿命。我要追尋吸血鬼的根源，或許到了那時候，我能夠找到令自己恢復爲常人的方法。

然而當上吸血鬼獵人，意味著我要面對無數個危險的黑夜。每當受傷或感到力量不足時，那股強烈的吸血慾望便會湧現出來誘惑我，說不定終有一天，我眞的變成完全的吸血鬼……這就是昨天日記所說「比死亡更惡劣的宿命」。

這是無從逃避的。我必須面對眞正的自己，在越過那「界限」之前，找到脫離這種宿命的希望。

在正式踏上獵人之旅前，我知道還有一件非完成不可的事。

看一個人。

死亡與愛

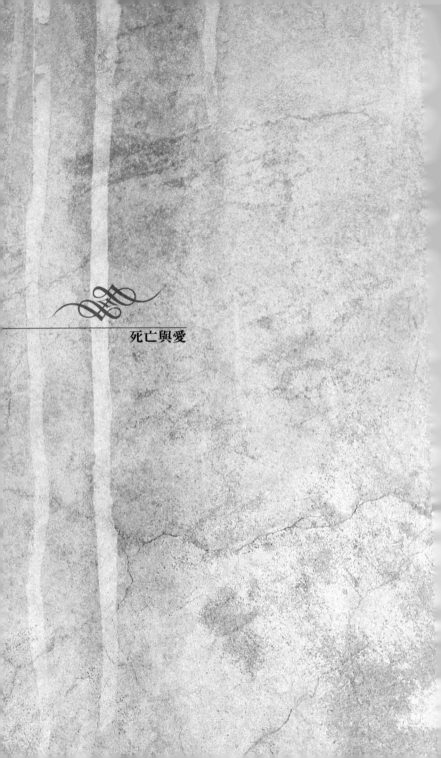

路透社德薩斯州達拉斯

十一月四日電

庫爾登菸草公司創辦人及主席查理斯‧庫爾登週二晚因病逝世，享年七十一歲。根據其公司正式公布，庫爾登死於心臟病發。但有公司內部消息人士向通訊社披露，庫爾登之眞正死因乃愛滋病併發症。此消息暫未能予以證實……

十一月六日　伊利諾州　芝加哥

風從窗戶捲進臥房內，把白紗窗簾吹得水平飄揚起來。

慧娜在床上捲曲著嬌小的身軀，緊緊抓住被單，卻依然感到寒冷。

又是一個無眠的晚上。慧娜明澄的眼眸在黑暗中反射出憂鬱的淡光。

——他在哪裡？逃到了此刻陽光明媚的菲律賓嗎？還是躲在紐約某個黑暗的街角？墨西哥？說不定他此刻正獨自啜飲龍舌蘭酒（Tequila）……

她終於抵不住寒意。把被單緊裹在身上，下床步向窗戶。

浪沫般飄浮的白窗簾不斷朝她的臉撲過來，那癢癢的感覺令她憶起他的手指。她撥開輕柔的白紗，把玻璃窗關起來。

慧娜舒了一口氣，搓搓瘦弱的雙肩。

她觀看窗外。月亮尷尬地缺去一片，像懷著某種遺憾般，透過玻璃窗把光華灑落她的棕髮上。她彷彿能夠觸摸到月光的質感。

「奇怪的一夜……」她喃喃自語間，覺得背項似乎正被人注視著。

慧娜回身，發現床首的牆上似乎多了一塊很大的污漬。

——不，是一條佇立的黑影。

她張開嘴巴。

在呼叫之前，一隻冰涼的手掌按在她唇上。慧娜感覺那手掌彷似是沒有生命的東西。蒼白、修長而有力的手掌，令她無法呼吸，強烈的恐懼像酒精般湧上腦袋，手足都發麻了。裹在身上的被單滑落到地上，只餘薄如皮膚的睡袍。側面射來的月光勾出她不算性感但卻優美得像貓的曲線。

「慧娜，是我……」

她瞧不見隱在帽子下的那張臉，卻辨出這熟悉的聲音。

「慧娜，先冷靜下來。相信我，我沒有……」

她平靜地以雙手握著拜諾恩的手腕，把那隻手掌從自己唇上牽下來。

「我相信你不會殺人，我太了解你了。」

她輕輕掀去他的帽子，掃撫他長了許多的黑髮——她喜歡這種暗藏著層次的黑色。「你終於回來了。」

她仰首把嘴唇湊向他。

她在親吻中驚覺，拜諾恩的唇片亦如同手掌般冰冷。那是一種不祥、帶著死亡感的冰冷。

「你是不是生病了？」慧娜詳細端視舊情人的瘦臉。「你的樣子……變了……變得有點可怕……」

拜諾恩環抱慧娜腰肢的雙臂，能夠感覺到她身體的顫抖。他聽得出她加速的心跳：看得見她擴張的瞳孔；嗅得到她分泌腎上腺素產生的體味。

這是恐懼的反應。拜諾恩的臉毫無表情，心卻在激蕩。他的身體僵硬了，深愛的女人竟如此害怕自己，那是一種心被貫穿的感覺。

他知道是什麼令慧娜產生恐怖感：他身體裡的吸血鬼因子。

「尼克……」慧娜叫著拜諾恩的小名。她的表情保持鎮定，但卻退後了一小步

——拜諾恩發現了這舉動，更加感覺心痛。

「尼克啊……究竟發生什麼事？」

——我能夠怎樣回答呢？告訴她這才是眞正的我嗎？

拜諾恩想把這些夜裡無數個夢境向她描述，卻無法說出一個字，甚至無法吐出一個音。

他掠到窗前。

「告訴我啊，尼克。」慧娜想從後抱住拜諾恩的肩膀，卻被強烈的恐懼感阻止了。「或許我能夠幫助你。」

拜諾恩背著她的臉在苦笑，他打開了窗戶。

冷風像不懂得疲倦爲何物的侵略者，再次進佔這臥房。慧娜婀娜的身軀在寒風中哆嗦。

鴉。

拜諾恩拾起地上的帽子。

在重新戴上這頂原本屬於蘇托蘭父的帽子之時，他忍耐著想回首的強烈慾望。

他躍起，蹲在窗框上。黑大衣飄揚起來，拜諾恩顯得像棲息在枝椏上的孤獨烏鴉。

「有一天，或許我能夠找到拯救自己的方法。那時候妳不會再害怕我。在那一天來臨之前，暫時要跟妳告別了。請妳等待我。」

拜諾恩無聲自窗戶躍下。

慧娜驚呼著奔前，俯視窗外。

拜諾恩的身影消失在黑暗之中。

某種迅速移動的東西閃入慧娜眼瞳上方的視界。她仰首。

一隻頭顱像鼠的異獸，頻密地拍動比身體還要大好幾倍的尖銳雙翼，飛向月亮。

這是慧娜平生第一次看見蝙蝠。

《惡魔斬殺陣》完

後記

「這是哪一國的小說？」

在香港的書店裡我不只一次看見過，自己的書給放在「外國小說」的架子上。大概是因爲我喜歡加上英文書名，而筆名也有點容易令人誤會的關係吧。

我常常以外國作爲故事的舞台。《吸血鬼獵人日誌》這個系列甚至以外國人爲主角。

沒有什麼特別的原因，只是格外喜歡寫一些比較遙遠的東西吧。就像人們喜歡到外國旅行的心境。

我也喜歡旅行。

身在異國，給陌生的建築物、陌生的路標文字、陌生的街頭音樂、陌生的食物氣味、陌生的人群鬧哄聲包圍。四方上下的一切與我無關。我無時無刻更自覺地確認自己身在何地……

我比任何時候更清晰的感覺得到：

「我正活著。」

我沒有到過台灣。在我心目中的「台灣印象」——或者更確切來說是「台北印象」——來自林燿德的詩文裡那個後現代的都市。我不知道我的「印象」與現實的差距有多大。

也許這並不重要。閱讀的魅力正在於此：那是每個讀者腦袋裡一次再創作、再建構的過程。我的《百年孤寂》跟你的《百年孤寂》，以至遠在拉丁美洲的賈西亞・馬奎斯心目中的《百年孤寂》，永遠不會一樣。也不必一樣。

今天我的其中一個「兒子」——也就是這本書——代替我到台灣來旅行了。希望台灣的讀者朋友們，都能高興地接受這個國籍身分有點奇怪的孩子。

喬靖夫

二〇〇二年五月二十三日

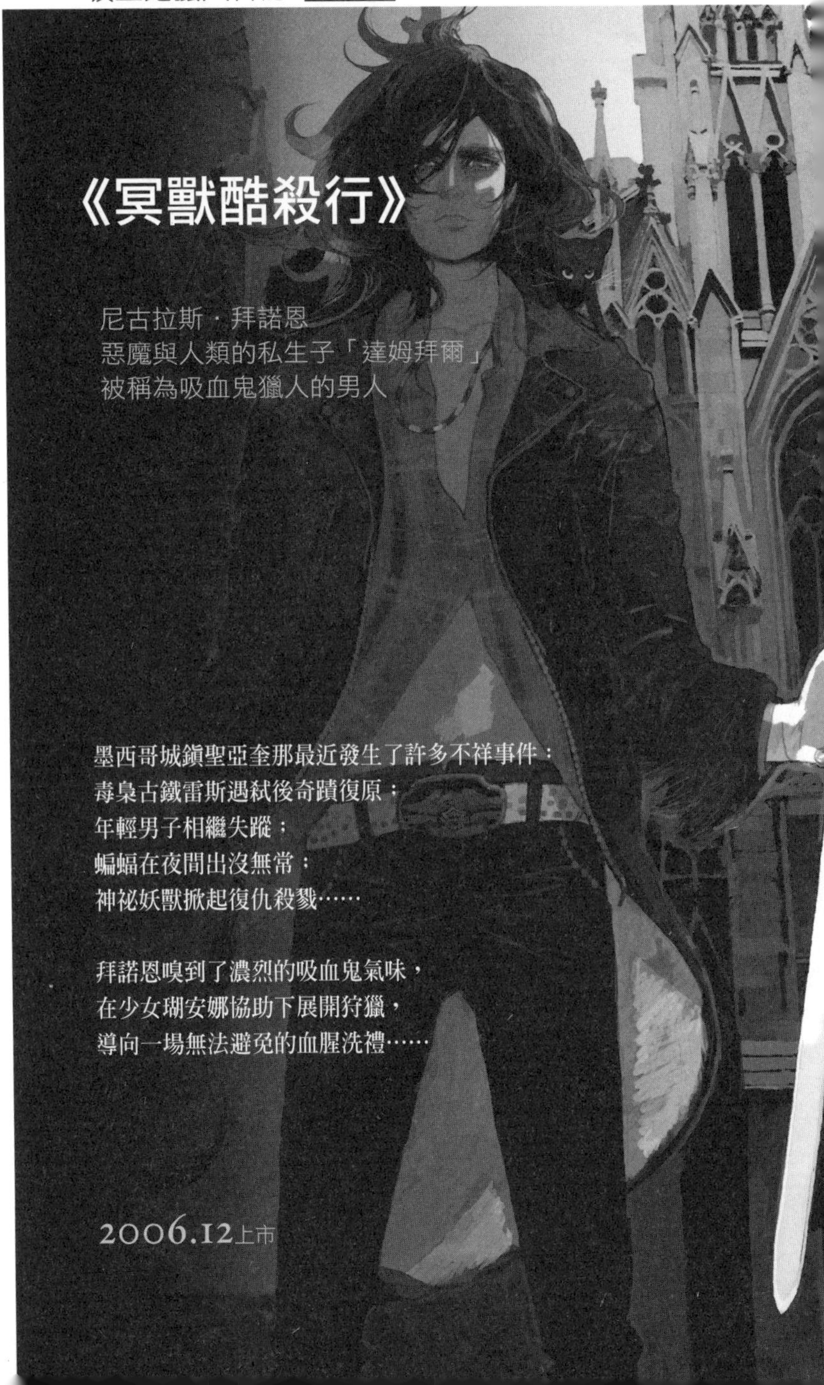
《冥獸酷殺行》
尼古拉斯・拜諾恩
惡魔與人類的私生子「達姆拜爾」
被稱為吸血鬼獵人的男人
墨西哥城鎮聖亞奎那最近發生了許多不祥事件：
毒梟古鐵雷斯遇弒後奇蹟復原；
年輕男子相繼失蹤；
蝙蝠在夜間出沒無常；
神祕妖獸掀起復仇殺戮……
拜諾恩嗅到了濃烈的吸血鬼氣味，
在少女瑚安娜協助下展開狩獵，
導向一場無法避免的血腥洗禮……
2006.12上市

書名		作者	定價
悅讀館系列			
獵命師傳奇（卷一）		九把刀	180
獵命師傳奇（卷二）		九把刀	180
獵命師傳奇（卷三）		九把刀	180
獵命師傳奇（卷四）		九把刀	180
獵命師傳奇（卷五）		九把刀	180
獵命師傳奇（卷六）		九把刀	180
獵命師傳奇（卷七）		九把刀	180
獵命師傳奇（卷八）		九把刀	180
獵命師傳奇（卷九）		九把刀	180
獵命師傳奇（卷十）		九把刀	180
魔力棒球		九把刀	180
臥底（獵命師傳奇外傳）		九把刀	280
哈棒傳奇		九把刀	250
都市妖：給妖怪們的安全手冊		可蕊	199
都市妖：過去我是貓		可蕊	199
都市妖：是誰在唱歌		可蕊	180
都市妖：死者的舞蹈		可蕊	199
都市妖：木魚和尚		可蕊	199
都市妖：假如生活騙了你		可蕊	180
都市妖：可曾記得愛		可蕊	199
都市妖：胡不歸		可蕊	199
都市妖：妖獸都市		可蕊	199
都市妖：妖怪幫幫忙		可蕊	199
都市妖：青丘之國(外傳)		可蕊	220
活埋庵夜譚		燕壘生	220
道可道：伏魔		燕壘生	139
道可道：辟邪		燕壘生	139
道可道：斬鬼		燕壘生	180
道可道：搜神		燕壘生	180
不幫忙就搗蛋		星子	220
百兵（卷一）		星子	180
百兵（卷二）		星子	180
百兵（卷三）		星子	180
百兵（卷四）		星子	199
百兵（卷五）		星子	199
太古的盟約（第一卷）		冬天	240
彌賽亞：幻影蜃樓（上、下）		何弼&櫻木川	180
公元6000年異世界		Div	220
天外三國（1-3全）		Div	每冊180
都市恐怖病系列			
恐懼炸彈（新版）		九把刀	260
冰箱		九把刀	180
異夢		九把刀	240
功夫		九把刀	280
狼嚎		九把刀	270
住在黑暗系列			
樓下的房客		九把刀	240
Into系列			
仇鬼豪戰錄（1-4）	全套出齊	九鬼	每冊200
吸血鬼獵人日誌（1-4）	全套出齊	喬靖夫	全套850
戀光明（1-4）	全套出齊	戚建邦	每冊240
殛天之翼（1）鋼之翼·空之心		陳約瑟	240
海穹金鱗		李伍薰	240

海穹浪客		李伍薰	240
海穹蒼生		李伍薰	240
若星漢（1）最後一個聖騎士		今何在	250
若星漢（2）重返陽光之土		今何在	250
無元世紀系列			
移獵蠻荒（1-25）	全套出齊	莫仁	每冊160
Infinity系列			
幻國之刃（上）（下）		喬靖夫	每冊160
都市妖奇談（1-6）	全套出齊	可蕊	每冊160
永生之耀（1-6）	全套出齊	席爾	每冊160
銀河新世紀（1-9）	全套出齊	凱雲	每冊160
銀河新世紀 外傳：星之祭		凱雲	160
創世福音錄（1-4）		狼小京	每冊160
邊緣傳說（1-5）		冬天	每冊160
九英雄冒險譚（1-6）	全套出齊	千年	每冊160
羅德斯島戰記系列			
羅德斯島戰記(一)灰色的魔女		水野良	269
羅德斯島戰記(二)炎之魔神		水野良	299
羅德斯島戰記(三)火山龍的魔龍（上）		水野良	210
羅德斯島戰記(四)火山龍的魔龍（下）		水野良	250
羅德斯島戰記(五)王者聖戰		水野良	330
羅德斯島戰記(六)羅德斯之聖騎士（上）		水野良	260
羅德斯島戰記(七)羅德斯之聖騎士（下）		水野良	320
羅德斯島戰記(外傳)妖精之森		水野良	280
羅德斯島傳說系列			
羅德斯島傳說(一)亡國的王子		水野良	240
羅德斯島傳說(二)天空的騎士		水野良	240
羅德斯島傳說(三)榮光的勇者		水野良	240
羅德斯島傳說(四)傳說的英雄		水野良	240
羅德斯島傳說(五)至高神的聖女		水野良	240
符文之子2系列			
德莫尼克1：不是所有的孩子都是天使		全民熙	280
德莫尼克2：微笑的假面		全民熙	280
德莫尼克3：失落的一角		全民熙	280
德莫尼克4：劇院裡的人們		全民熙	280
德莫尼克5：海螺島的公爵		全民熙	—
符文之子1系列			
符文之子1：冬日之劍（上）		全民熙	170
符文之子2：冬日之劍（下）		全民熙	170
符文之子3：衝出陷阱，捲入風暴（上）		全民熙	170
符文之子4：衝出陷阱，捲入風暴（下）		全民熙	170
符文之子5：存活者之島（上）		全民熙	170
符文之子6：存活者之島（下）		全民熙	170
符文之子7：不消失的血（上）		全民熙	170
符文之子8：不消失的血（下）		全民熙	170
符文之子9：兩把劍，四個名（上）		全民熙	170
符文之子10：兩把劍，四個名（下）		全民熙	170
符文之子11：封地之印的呼喚（上）		全民熙	170
符文之子12：封地之印的呼喚（下）		全民熙	170
符文之子13：選擇黎明（上）		全民熙	200
符文之子14：選擇黎明（下）（完）		全民熙	200
知識樹系列			
魔道御書房		洪淩	220
有關女巫		凱特琳&艾米	220

國家圖書館出版品預行編目資料

吸血鬼獵人日誌. I, 惡魔斬殺陣 = Journal of the vampire hunter／喬靖夫 著. ——二版. —— 台北市：蓋亞文化，2006【民95】
面； 公分. ——（悅讀館）
ISBN 978-986-7450-82-1（平裝）

857.83　　95021135

悅讀館 RE061

惡魔斬殺陣【吸血鬼獵人日誌 1】

作者／喬靖夫
繪圖／門小雷
企劃編輯／魔豆工作室
電子信箱◎thebeans@ms45.hinet.net
出版社／蓋亞文化有限公司
地址◎ 台北市103赤峰街41巷7號1樓
電話◎（02）25585438
傳眞◎（02）25585439
部落格◎ gaeabooks.pixnet.net/blog
網址◎ www.gaeabooks.com.tw
電子信箱◎ gaea@gaeabooks.com.tw
郵撥帳號◎19769541　戶名：蓋亞文化有限公司
法律顧問／律儀聯合律師事務所
總經銷／聯合發行股份有限公司
地址◎ 新北市新店區寶橋路235巷6弄6號2樓
電話◎（02）29178022　傳眞◎（02）29156275
二版三刷／2011年8月
定價／新台幣199元
Printed in Taiwan

GAEA ISBN／986-7450-82-5　ISBN／978-986-7450-82-1

RE061
GAEA

【吸血鬼獵人日誌 I】

惡魔斬殺陣

蓋亞文化 讀者迴響

感謝您在茫茫書海中選擇了蓋亞，您的支持是我們最大的動力。
不要缺席喔，讓我們一起乘著夢想的羽翼，穿越時空遨遊天地！

姓名： 性別： □男 □女 出生日期： 年 月 日

聯絡電話： 手機：

學歷：□小學 □國中 □高中 □大學 □研究所 職業：

E-mail： （請正確填寫）

通訊地址：□□□

本書購自： 縣市 書店

何處得知本書消息：□逛書店 □親友推薦 □DM廣告 □網路 □雜誌報導

是否購買過蓋亞其他書籍：□是，書名： □否，首次購買

購買本書的動機是：□封面很吸引人 □書名取的很讚 □喜歡作者 □價格便宜 □其他

是否參加過蓋亞所舉行的活動：
□有，參加過 場 □無，因為

喜歡出版社製作什麼樣的贈品：
□書卡 □文具用品 □衣服 □作者簽名 □海報 □無所謂 □其他：

您對本書的意見：
◎內容／□滿意 □尚可 □待改進 ◎編輯／□滿意 □尚可 □待改進
◎封面設計／□滿意 □尚可 □待改進 ◎定價／□滿意 □尚可 □待改進

推薦好友，讓他們一起分享出版訊息，享有購書優惠
1.姓名： E-Mail：
2.姓名： E-Mail：

其他建議：

GAEA

GAEA